啓眞館

守书人
丛书

旧书浪漫

读阅趣与淘书乐

李志铭　著

浙江大学出版社

序一：一场浪漫的时间旅行
吴卡密（旧香居店主）

不久前在为鹿岛茂《古书比孩子重要》写序时，读着资深重度书痴的爱恋史，不自觉会想起周遭认识、接触过的书人书痴们。如书中所言："古书店既是通往过去、自由旅行的时光机，但恐怕也是让善良老百姓沦落地狱的陷阱。"有经验、嗜书癖的书人绝对了解书海无涯，对于他们，买书藏书往往是越陷越深、爱恋无尽，征服了某个领域的古书，又会对别的领域展开新的幻想，彻彻底底就是条不归路。书领着人从原来的领域不断扩张，即使不向外延展，一旦上瘾，大多也会走向特定的收藏主题，朝向专家之路，勇往直前。

每个书痴书虫的演变过程，大抵不外乎从一开始买书是出于需求，继而开始搜寻想要读的书、特定作家的书，接下来是从新书买到旧书，想搜尽所喜欢类别的书，并立志要读完所有的书！最后是追求特殊版本：限量毛边、装帧特别、书封美丽，甚至即便是看不懂的文字也统统纳入书架，买书、玩书、藏书一次到位，书痴书奴已经确立！严格地说，十多年累积下来，志铭已离最后阶段不远矣！

志铭从写硕士论文开始泡旧书店，论文完成后，他也变成每天"不是在书店，就是在前往书店的路上"。若说每天都在书店或许是夸张了！但一年 365 天将近有 3/4 的时间，他绝对是每天游走在城南，穿梭在新旧书店间。在旧香居看到志铭或在他笔下的其他书店捕获他，大概也不意外。唯一固定的是在每周四明目书社的开箱时刻和一帮同好前辈们谈天，傍晚时刻最容易巧遇他！若问他为何天天往书店跑，他肯定会憨憨地笑着，一时之间无法回答。因为对他来说，这根本不是问题，书店几乎已是他每一天的固定行程，生活的一部分，周而复始的惯性行为。

一如黄裳说琉璃厂书肆有沙龙气息，书店是文人聚集之地，书友聚谈，交换意见与逸闻。志铭也喜欢讲沙龙，尤其偏好旧书店，旧书古本老物件对他就是有挡不住的吸引力，仿佛瞬间开启与过往时光的链接，坠入某个不知名的兔子洞。寻书访书像是未知的冒险，人与人的交流好比不期而遇的浪漫邂逅。书店和书，早已是他的生活的基本配备，如阳光、空气、水一般不可缺少！

书店对他而言，也是知识、灵感的充电所，在拓展视野和刺激多元创作上都有绝对的影响力。但最吸引他的仍然是因书结缘的同好、各有专攻的前辈朋友们：这些经常偶遇的书人班底们，是实体书店最可贵的风景。在书店的交流当然不只聊书，也时而穿插些妙人妙事等。就创作的角度来说，除了书之外，书店沙龙中人情、故事相互串流，也是不可错过的风景之一。

志铭旺盛的求知欲，如同得不到饱足的饥饿感，加上高度的好奇心和学习力的驱使，他努力学习日文，为了更贴近日本文化。因老辜（辜振丰先生）翻译《恶之华》[1]期间，他经常陪同进出信鸽法国书店找资料，不知不觉接触许多具有特色的法文出版品和文学小说。不谙法文的志铭，也折服于法国出版品的魅力，定期拜访信鸽便成为固定行程之一，相信不久后他应该也会跑去学法文。

每每看到志铭的新文章，就发现他平常看似没做笔记的习惯，却绝对有个大耳朵，将大家闲谈、交流间所分享的种种都吸纳成他写作的灵感之一。朋友的喜好乐趣彼此影响，所谓近朱者赤，近墨者黑，我对法国文学的喜好，阅读的内容似乎间接也成为他的喜好。好学好奇的他总能在短时间内练就功夫，没多久我们就可以谈萨冈、谈波德莱尔、谈伍迪·艾伦、谈亨利·米勒。有时看他信手写来，轻松快意，不刻意渲染、自然自在地表达，我想，源源不绝的热情是他写作的最大动力。多年下来，看似他用文字打造出一座书天堂，倒不如说他因进了天堂有了翅膀，可以展翅快意地遨游其中。

延续《读书放浪》，《旧书浪漫》更多了点个人情怀式的抒写，看来寡言憨厚的他，或许很难和浪漫二字立即联结，但他每每见到自己喜欢的书本、装帧时，总会像抚摸小孩、小猫般反复摩挲。记得有一天，他用极其兴奋的语气和高亢的声调告诉我，刚看完根据栋方志功《板极道》改编的传记电影『我はゴッホに

---

[1]　编注：台湾地区通常将 *Les Fleurs du Mal*（《恶之花》）译为《恶之华》。为保持
　　　行文流畅，故从原文。

なる！愛を彫った男・棟方志功とその妻』[1]，饰演栋方的男演员相当出色，不仅做足功课，更精彩的是日常生活的呈现，将栋方志功的气质、神韵表现得惟妙惟肖。志铭滔滔不绝地描述主角创作时的情景和投入状况，尤其是平时木讷的他，一碰到开心的事便会口沫横飞、手舞足蹈。在志铭说栋方志功的同时，我觉得此时的他不也是如此吗？面对偶像、书事、创作，埋首其中乐此不疲，写起文章自信有力，谈起旧书口若悬河！总觉得他骨子里的浪漫基因绝对爆表！当年他毅然放弃稳定的工作，挑战专职的写作生涯，若没有巨大的热情、开放的心态，肯定无法下定决心。一路走来，虽也有困难、焦虑，但不可动摇的信念，是他前进的动力！

一直以来我们用"玩书"的概念和大家分享关于买书、藏书的各种癖好，以及热爱纸本书之行为，以更轻松、浪漫的心情来倾诉对书的迷恋。对志铭而言，写作不仅是与自己的对话，也是对外在世界的传达，将阅读的心得、新奇的发现与观察研究，定时吸纳、整理、提炼，撰写出最精华的一篇篇文字，传递给大家。借由分享的热情，慢慢堆砌成属于他独具一格的书话。

《旧书浪漫》收录了两篇关于旧香居的文章，对于旧香居，相信他有不同的情感与角度，志铭是和我们一起成长的，一如他常常挪揄自己："我在书店地下室是有床位的。"如果说旧香居滋

---

[1]　编注：详见《辑三·黑与白的狂歌乱舞：栋方志功的木刻装帧》。

养了他，使他更强壮，我想他是不会反对的！身为他的资深战友、伙伴，志铭也常会催促我，应该静下心来把书店一二事，由我的角度去呈现和叙述。写作并非我的专业，有的只是想分享的心情和热情，旧书不比新书可以有铺天盖地的宣传，现阶段我只想把旧书珍本的价值分享给更多人知道，一步一脚印，扎实、持续地做下去，努力在不同世代的视野中建立价值，让这些可以通过时间考验的好书不断延续下去。

我也大方地将我从未公布的"童工照片"献给《旧书浪漫》。十多年的情谊、人来人往、相互碰撞，一生中不常有这么深的缘分，可以一起成长、共同追逐相同的目标和理想，能理解、支持彼此的梦想和信念，为书店记录下许多的点滴。

爱书人的浪漫，往往是一种天真和执着，也许看似有些不切实际，但正因如此才能成就这么多有滋有味的书的故事和看不尽的书店风情。旧书古书的狂热者，一定能理解过去和现在相互纠缠的真实感，被唤起的热情跨越了时间，再次建构出属于这时代的意义和价值。翻看《旧书浪漫》如同展开了一场阅读冒险，新与旧的界限在志铭的笔下是不存在的，一篇篇的读书志如同志铭的生活实录和蜕变的痕迹，仿佛我们一起经由触摸、闻嗅、想象和感受经历着一趟独一无二的旧书时间旅行。

序二：相遇的表情
陈允元（诗人）

　　1933 年 7 月，时设籍于明治大学文艺科的巫永福，曾发表小说《首与体》。小说描述一对来自台湾的青年漫步于东京街头，打算到帝国饭店的东京座观看契诃夫作品《樱园》[1] 的演出，却同时忧虑着"首"与"体"相反对立的问题：青年 S 想留在东京，台湾的家书却催他返乡，处理结婚问题。20 世纪 20 年代的知识青年带着社会改革之志前往东京；30 年代，有志于文学艺术、怀抱"前进东京文坛"之梦的文学青年，也前仆后继来到东京。巫永福之外，张文环、杨炽昌、翁闹等等，都在行列之中。东京的魅力，翁闹曾在《有港口的街市》写道："大东京是一块巨大的磁铁，将这地上所有的存在物不断地吸引过去。"

　　留学生作家对东京的迷恋，倒不是耽溺于爵士乐、霓虹、咖啡厅的摩登物质生活，而是爱其作为西方文明之中介。他们的文学之卵，必须在与世界同步的文化刺激中孵育、茁壮，长出自己的羽翼。同属留学生的刘捷即在《台湾文学鸟瞰》中描述，他们"处在中央文坛膝下，对世界文学的潮流有最敏锐的感受"。这一点，在巫永福身上有深刻的体现。他在明治大学文艺科阶段，即师事横光利一、小林秀雄、山本有三等大家；小说《首与体》，也有这么一段叙述："身为文学青年，对于能接触到伟大作家的戏曲，自然感到十分的兴奋跟欣慰，平常上学总是无精打采的，今

---

[1]　编注：即《樱桃园》。

天却不管风大，一路笑谈着到学校。"青年 S 与叙事者"我"开始读契诃夫的契机，是放学途中发现契诃夫的全集。

让他们发现契诃夫全集进而接触世界文学的，想必就是邻近明治大学的书街神保町吧。1929 年，打出"考现学"旗帜，在震灾后"复兴"的昭和初期的东京进行都市风俗采集的今和次郎，在其编纂之《新版大东京案内》写道："若到市电骏河台下到九段坂下之间、横亘于神保町和北神保町的电车通的两侧走走看看，会因栉比鳞次的店家几乎都是旧书店而感到惊讶。"这一段路线，便是小说中两位台湾青年下课后的漫步路线的其中一段。巫永福曾这么回忆他的神保町："安定开放与繁荣的东京、神田神保町的书店，原书或翻译本，想要的书籍什么都有。"言谈之间，仿佛可以看见 80 年前的他站在东京街头，与书相遇的欣喜的表情。

2007 年，当我第一次飞抵东京，第一个想去的当然便是神保町。如同当年巫永福漫步于神保町的情境，日本最新出版的书、重要海外思潮的译本，只要逛一圈都找得到。更神奇的是，由于旧书店的存在，原本历时的时空，竟压缩在一间间个性、专门各异的书店里共时呈现。记得第一次走进战前即已存在的田村书店，穿过门口一摞摞高高叠起的套书，进到狭窄的书墙走道时，我倒抽了一口气。先前在文学史上读到的明治时期以降重要作家著作的初版本（有些甚至还附有作家署名），竟就这样排排站，陈列在同一个架上，心里真的相当震撼。一个书柜，便是一段文学史。而 20 世纪 30 年代台湾留学生作家曾经历的阅读时光，竟也躲过了空袭与世事的各种变数，被保存了下来。去年（2004）因研究之故，我在东京的早稻田大学待了7个月。除了神保町，早稻田大学往日本铁路公司的高田马场驿方向的旧书街，或是高圆寺、阿佐谷、荻洼一带，也成为流连忘返的地方。我不是什么藏书家，一来没有财力，二来对研究者而言，初版、复刻版或图书馆的复印都无所谓，重点在于资讯。然而我也曾因偶然的机运，在不起眼的角落，以便宜的价钱购得刊有吕赫若《牛车》的《文学评论》（1935）、杨炽昌当年耽读的《诗与诗论》（1928年创刊）数册西胁顺三郎的《欧洲文学》（1933）、百田宗治的《诗作法》（1934）、几册刊有饶正太郎作品的诗志《新领土》（1937年创刊），以及庄司总一的《陈夫人》（1942）等。在日本的旧书市场，这些名字未必受到太多重视，对我们而言，却有截然不同的重量与意义。特别在异乡东京，捧读这些与历史有过重要联结的古书，所感受的，并非只是怀旧的情调，而是透过作者的书写与阅读，碰触那一代人曾有的美好与忧郁。

谈到古书，当然，除了神保町老牌的旧书屋，日本还有各种不定期举行的旧书即卖会，以及购书网站日本旧书店（https://www.kosho.or.jp/）。前者是市集形式，参与的各家书店虽大都不会精锐尽出（多是库存出尽），但仍能翻找到一些好物。跟许多大叔（这种场合几乎不会有年轻人出现）比卡位、比眼手的速度，也是古书即卖会的另类趣味之一；后者则由日本全国旧书商业联合会创立，是旧书界的大型购物网站。由于参与联合会的旧书店遍布全国，查询、比价，都相当便利。鼠标一按，就可以直接购得 20 世纪 30 年代的书籍，并宅配到府，根本就是一种穿越剧式的超时空体验。

　　日本从求快速流通、价格低廉的二手书的市场概念，发展出以珍本为核心的旧书文化，当然已相当成熟。曾为旧书店店员的三上延围绕着旧书而写的系列小说《古书堂事件手帖》(2011—)[1] 受到极大欢迎，并改编成日剧 (2013)。我们的旧书文化，则在近十几年间急速受到重视。长我几岁的志铭兄，是旧书文化的参与者，同时也是很好的观察者、推动者。2005 年，他的第一本书《半世纪旧书回味》出版，一上市我就买回家了。那时的我正赁居于温州街以及大学口一带，每天下课回家或出门吃饭的路上，就是逛书店，或到某二手书店找打工的朋友聊天鬼混，对旧书文化非常好奇。后来真正认识志铭是在旧香居，经由卡密介绍。大概是他的第二本书《装帧时代》(2010) 出版的时候吧。当时我也正在筹备第一本诗集《孔雀兽》(2011)。有时在旧香居遇见，便会聊一下进度，请他给我意见。诗集的新书发布会，也请他来当我的嘉宾。

　　转眼又几年过去了。这一段时间我甚少写诗，除了开始当菜鸟讲师，也埋首写枯燥的论文；志铭兄则继续穿梭于巷弄书肆之间，寻书、访人，又完成几本脍炙人口的大作。2011 年的《装帧台湾》、2014 年的《读书放浪》，再到今年即将出版的《旧书

---

[1]　编注：此书已于 2017 年发行最终卷。

浪漫——读阅趣与淘书乐》，大致可以看到志铭的关怀轨迹。他从整体的台湾旧书发展史的建构出发，逐一探询，深入这条锁链可能涉及的每一个重要层面，包括装帧的设计家及装帧本身、旧书的流通与相遇，乃至作为媒介的旧书店、经营旧书店的人，以及作为读者的志铭所写下的阅读笔记。志铭每一本著作的核心，说穿了，便是书与人，以及人与人的相遇。特别在《旧书浪漫》，志铭花了相当多的篇幅谈让书与人相遇的书店。然而除了作为"城市的表情"的书店，志铭更让决定每一间书店的表情的店主——她／他的才具、个性与温度——鲜明地跃于纸上。书店的魅力，决定于店主的选书及其对阅读空间、互动空间的营造。因此书店的魅力，其实就是店主的魅力。然而什么样的人会来到店里，想找什么样的书呢？——这就不是店主可以预知、掌控的了。相遇与不遇的故事，天天在书店上演。常驻于书店一角的店主，大概是看过最多寻书者表情的人了。

"相遇"是志铭的主题。也是相遇，促成志铭每一本著作的完成。这一篇文字，当然也是。拉里拉杂，是为序。

目录

◆ 辑三：书窗的风景

◆ **附录**

◆ **后记 与书有染的浪漫**

辑
一

相约在书店

一页台北 · 书店之城

书店在城市里，就像是一段段被传唱的故事。

从 20 世纪 20 年代独立设市迄今不到百来年历史的台北城，随着一股亟欲吸收外来文化以及谋求工商业发展太过快速更替的时间之流，许多即将面临衰败的老街区在短短数年内彻底被迫更换成了一副陌生的青春容颜。无论是 70 年代因应道路拓宽规划迁移旧书摊的牯岭街，抑或见证了世纪末 30 年老台北岁月风华的光华桥地下商场（该商场于 2006 年正式拆迁），就连早期 60 年代曾经作为台湾书业重心、80 年代过后店面装潢连年翻新的重庆南路这条老字号书店街，看在不少资深爱书人士眼中也都挟有一份难以言喻的苍然古味。

旧时的老商圈店铺拆除殆尽，换来与地铁共构的新建筑。几乎所有对这城市的往事追忆和老街巷弄里寻常人家的众声喧哗，到了最后也就都自然而然地沉淀到这些书店的纸页间。

相较于那些历史悠久的东方现代都市，在近代城市发展史上仍属年轻的台北予人的迟暮之感格外鲜明，城市里太多突如其来的迅疾骤变不留下任何记忆残痕，只定格在所谓怀旧题材影视剧的情节想象之中。

当一处城市空间充满了喜新厌旧，那便是"谁也不记得谁"。

偶然翻阅多年前（2004）晨星出版社汇编《台湾书店地图》所刊载的全台书店名录，讶然惊觉其中就有不少特色书店如今已是不存在了。我几乎可以扳着手指数出许多名字：桂冠书局、木心书屋、草叶集概念书店、儒林书店、垫脚石书店、凯风卡玛……多少年来这些书店隐身在台湾城镇的大街小巷，默默地守候着寂寞，散播着书香，直到有一天它们突然宣告消失，只来得及在几个熟悉的读者心头留下一个怅然的背影。

每在一家书店歇业隐遁之后，谁又知道那些被遗弃的书籍的下落？

因为开了一家书店，所以美好

人的生活方式有多少种，书店的城市表情就有多少种。作为所有一切故事的起点，熟悉一座城市何妨首先从它的书店开始。

按香港专栏作家马家辉的说法，港岛当地特色小书店大约以每5年为一循环，意味着即便其中一家将要关门倒闭了，不久后必定又会有另一家怀抱理想热血的新书店再起炉灶。宛如山林野草般，台湾南北城镇大小独立书店也仿佛周而复始，死了一批又新生一批。

往来出入在这方圆 5.7 公里，汇聚了岛内最多书店与咖啡馆的台北盆地，发现尽管最近几年台湾书业出版界"景气寒冬"之

说甚嚣尘上，城市里总还是不乏有人无畏现实残酷而前仆后继地
投入"开书店"的火坑里去。

　　2007 年，我从书友 Booker 口中得知北投地区将要新开一家
旧书店，位在邻近阳明大学，地处天母、北投两地往来捷径的立
农街上，名曰"兰台艺廊"。女主人 May 自云从事税务及地政工
作多年，却因始终忘情不了童年时在父亲引领下遨游书海的甜蜜
旧梦，所以才开设了这家梦想中的书店，除以鬻书生活为乐之外
还不时兼做艺文展览。室内约莫只十来坪[1] 的书店虽小，却有着
难得一见整面明亮精致的大片临街橱窗。后来我陆续几度造访了

2010 年兰台艺廊旧址（台北立农街）

[1]　编注：1 坪约为 3.3057 平方米。

2015 年兰台艺廊新址（台北义理街）

兰台，也确实在这儿淘到了不少宝。记得包括蔡琴的绝版黑胶唱片《火舞》、廖未林设计封面的旧版小说《多色的云》，以及台北县[1]文化中心未曾对外发行的《江文也纪念音乐会》现场录音专辑等，几乎都是从兰台得来的收获。

平日除以鬻书生活为乐之外，兰台艺廊还不时兼做免费艺文展览。这些活动包括"前尘影事——五十年代电影传单本事、集刊、歌本特展"（2008 年 8 月 31 日—11 月 30 日）、"口说无凭——古契书收藏展"（2009 年 8 月 29 日—11 月 29 日）、"粉墨登场——王小明老师脸谱面具珍藏展"（2010 年 4 月 17 日—7 月

[1] 编注：今新北市。

4 日）等精彩内容。

位居城镇偏隅的兰台尽管挟有某些地利之便，包括邻近阳明大学文风兴盛，又是天母与北投两地往来的捷径，有利于二手书店生存。然而，毕竟现实世界里的书商梦想之路艰困难行，所谓"开店容易守店难"，加诸台湾书业大环境频传景气寒冬的惨淡警讯，总不禁让人挂念在大城市里这样一家精致小书店到底还能维持多久？

虽言世事岂能尽如人意，但仍值得庆幸的是，前年（2013）8 月闻知兰台艺廊已搬迁到附近义理街巷弄内。该地点虽属僻静但空间却更为宽敞，而女主人亦相信"酒香不怕巷子深"，坚持不在巷口做任何招牌与宣传。渐渐地，一些原本的老主顾也开始陆续"回锅"。可见一般所谓"开书店赔钱"之说，有些时候到底还是阻挡不了爱书人的满腔热情。

搭上地铁淡水线，一路从城南逛到城北，远离市中心书店密集区来到兰台艺廊，往往更能遇见那份难得置身化外之境的特殊悠闲。

乘一阵风穿街走巷，晃过人生海海。[1]

及至去年（2014）盛夏，嗜爱恋书之人在台北开书店的"美事"又再增添一桩。此一缘分起于 10 多年前，当时仍只是硕士

---

[1] 编注：闽南语，形容人生如海洋一般无边无际而不知所往，起起落落、漂浮不定。

兰台艺廊书店风景

班学生的我，正刚开始起步研究台湾旧书业历史，并且四处走访台北附近的二手书店。记得那时差不多是在 2002 年底，我在和平东路（现今台北教育大学对面）邂逅了一家新开张的书店——名曰"何妨一上楼"，前前后后约造访过两三回，还买了些书，其中大多是和我当时撰写硕士论文题材相关的近代书话与出版史著作。此外其店内小而雅的书香氛围，乃至店主本身爱书情切的博闻健谈，皆令人留下极深的印象。但可惜的是，待我数月之后想要再去探访，才知其早已歇业。

没想到过了 10 多年，原书店女主人文自秀历经沉潜后复出，于大稻埕甘州街基督长老教会旁一幢老屋店面重启书缘，唤名"文自秀趣味书房"。开幕之日便堂皇推出"日本名著复刻本百部展"，现场展售夏目漱石、永井荷风、石川啄木、与谢野晶子、樋口一叶、谷崎润一郎、川端康成、芥川龙之介等明治、大正、昭和时代的文学装帧经典（复刻）一百部，平素则以谈书、搜书为乐。书房本身风格一如既往，如今尽管店名称谓大不相同（店主强调此处是"书房"，而非"书店"），而女主人殷切替有心人

2002 年何妨一上楼书店标签

·旧香居师大店一隅

大稻埕甘州街文自秀趣味书房藏书风景

找书的那份热情亦仍不变，但每周只开张 3 天，周五至周日，午后至傍晚。且随店主当下心境及趣味之所至，仍会不定期策划各文件主题书展（如"三岛由纪夫初版本展""欧美与日本复刻老童书展"等），号称是"最任性的书店"[1]。其人洒脱直率若此，至于"开书店究竟赔不赔钱"这等扫兴问题，我想最终也就只得交由香港诗人、吾友陈智德最新出版的一部诗集的名称来回应了：

《市场去死吧！》让我们从此理直气壮地宣称。

知其不可为而为之，面临（抵抗）无所不在的商业压力却仍不放弃理想，难道竟是眼下大台北地区独立个性书店以身殉美的共同宿命？只是不知若干年后，届时还会有多少人能依恋那曾经分据城市边缘南北一隅依旧坚持在低迷世道中苦撑的小小书房与有河 BOOK。

不大记得有没有人这么说过：决定"开书店"当下的心理状态多多少少也就像追逐"一夜情"，因为两者同样都是基于"一时冲动"。

---

[1] 2015 年 5 月，文自秀趣味书房女主人复因家中诸事纷忙，故而选择再将书店业务停歇，暂别读者。

书店以内，秘境之外

了解一座城市其实远没有我们想象的那样简单。发现一处城市的隐秘部分并不在于它本身是否神秘，而在于人们能否经常以一种陌生眼光与心情来看待那些似曾相识的地方。随处遍布住商混合的华街陋巷，构成了台北城市街道引人入胜的独特魅力，令你在熟悉和陌生之间有太多被纵容的新旧细节可供回味。

不少难得拨冗来台的香港背包客、大陆学者专家等外地人士，一到了台北，行程中总不免指名要走访一趟24小时不打烊的诚品书店。在夜半时分眼见一大群人仍窝在书店里阅读的奇妙景象，每每让许多这些热爱阅读的游客感到着迷不已。

未曾久居台湾的异乡客，仅仅走进门面光鲜、可供购齐大量书种的诚品敦南或信义旗舰店，便自以为见识到了所谓名闻遐迩的台北书店风景。殊不知，对于本地书蠹圈内识途老马来说，开在小街小巷里那些颇为雅致精巧的书店，其实才是真能让人悠闲游逛兼顾淘书乐趣的一处隐秘花园书天堂。举凡温州街、汀洲路、师大路、龙泉街、青田街一带的书店大都保有些内敛的纯朴古风，无论周边城市建设如何扩张变化，在我印象中，这些书店总是予人仿佛置身小城的感觉。

挑一个闲暇的午后，抑或傍晚时分趁着好天气，来到这几许书肆街巷走走看看，人们或许将会突然弄懂了对于书店的暧昧情愫：那是一份无论你是有意识地巡店淘书，抑或只想随意找个去处把心放空，得以无所窒碍的单纯自在。

地底下的书墟微光

2008 年 10 月，一群个体书店经营者有感于在主流市场上势单力薄，其中包括台北的小小书房、有河 BOOK 和唐山书店，新竹的水木书苑、草叶集概念书店，台中的东海书苑，嘉义的洪雅书房，以及花莲的凯风卡玛儿童书店等 8 家独立书店，它们为此共同成立了集书人文化事业有限公司（又称独立书店联盟），以期获得更多的活动能量与生存空间。

其实早在 30 年前，当所有这些个体书店尚未集体发声之际，有一家名副其实的"地下书城"即已在热闹的台大商圈与连锁书店夹缝中默默地推展所谓"小众文化"（Minority）理想奉献迄今。

回首 20 世纪 70 年代初期的台湾，乃是岛内各式思潮与运动风起云涌、文学出版事业将欲蓬勃发展的启蒙年代。学院圈内开始流行的马克思主义、结构主义、后结构主义等时髦理论让许多知识青年追捧。1979 年，当时有感于人文社科类型专书取得不易，早先在台大校园附近贩卖"翻版书"起家的陈隆昊以 30 万元微薄资金成立唐山出版社，5 年后（1984）又在新生南路开设第一个唐山书店。

经营初期由于正值解严前后，各类思想资讯尚未开放，唐山书店主要贩卖的社会主义理论书籍，多次引起警方和新闻机构的密切关注，不时会有警察来没收禁书。然而彼时青年学子们的读书热情并没有因此稍减，店内翻印未授权的许多外国原文书不仅在当时销路极佳，比如陈隆昊印制翻版的第一本书吉登斯（Anthony Giddens）的《资本主义与现代社会理论：马克思、涂尔干、韦伯》据说在两星期内就卖出八百多本，此外像是德国社会学家马克斯·韦伯（Max Weber）的《新教伦理与资本主义精神》即使到了现在也仍是书店里的招牌常销书。

八九十年代渐以社会学翻版书事业打响名号的唐山书店，于焉成了台湾引进大量西方现代批判理论新思潮的重要渡口，各式各样新颖的知识在此汇流，除了学生以外，也吸引许多教授来买书。当年唐山几乎可称得上是全世界知名的盗版书店，不少国外教授来台甚至都会专程指名造访。回顾过去几番吹起学运风潮的全盛时期，唐山一度还曾兼营咖啡馆，台大大新社、大陆社等知名社团最爱来唐山店里开读书会并讨论运动实践的方针，时常到了快打烊还舍不得走。

"以前书真的很好卖，"陈隆昊回忆，"那时台湾社会有股非常渴望改革的力量，大学生开口闭口都是批判理论，一本厚厚的《哈贝马斯研究》的原文书，一卖就是几百本。"反倒是经历了解严多年之后的现在，大半辈子几以贩书为志业的他不禁感叹："人们的求知欲反而没有像过去那么旺盛了。"

琳琅满目的人文社会丛书之外，文学书同时也是唐山的另一大重点特色，唐山书店更是许多年轻作家、诗人甫出茅庐寻求独立出版的发迹处。自打书店创办以来，唐山对于寄售自印诗集来者不拒，只抽一成所得，长期支持创作者。此外，其他还有很多是其他书店买不到的，像是一些出版社的倒店货，唐山有时也会搜购一些倒闭出版社的库存书，摆放堆置在新书平摆桌下方，静待爱书的有心人前来挖宝。

30 年来，唐山书店总计搬过两次家，不过都围绕着台大周边打转。如今位在温州街秋水堂书店对面，高挂着美语补习班字样、通往大楼地下室的唐山仍无明显的招牌，仅仅在里面陈旧的

近 30 年来，唐山书店一直是阅读青年口耳相传的"地下书城"

水泥楼梯板下贴了斑驳的"唐山书店"四字。缓缓步入幽暗狭长的楼梯，潮湿霉味和略显阴暗的气息迎面而来；周边墙面则层层叠叠贴满了小众电影、讲座、演唱会、剧场表演等各种艺文活动的广告及海报，当然更别提店门内有如存书库房的大量书籍摆得到处都是。所有这些简陋破旧外观所透露的，不啻为老字号"唐山"长久以来仅赖口耳相传，不需要任何藻饰与遮掩，于朴素中稍带脏乱与随性的某种独立精神。

一般连锁书店所讲究的"窗明几净、音乐悠扬"的舒适环境从来不是唐山所需，店内陈列书籍的桌子与柜架亦是平淡无奇，并未配合书店气氛作特别搭配。只有书，才是这里的真正风采。

近年网络时代来临，加上大环境的社会变迁，使得不少老牌书店纷纷走向关门一途。这期间唐山尽管也屡屡传出经营危机，但仍始终维持它一贯的小众、反叛调性，栖居在巷弄的地下室内屹立不摇。

门外低头乱翻书

就像大自然界惯常依循先前留下的踪径觅食的蚁族一般，我从多年来的"逛书"习癖当中也无意间养成了某些特定偏好的"觅书"私路线：

首先，大抵沿途巡逛汀洲路上的古今书廊、茉莉书店，乃至台大校门对面的胡思二手书店、"总书记"书店，期盼遇得些许旧书机缘，接着横越罗斯福路，来到台电大楼对面地下室的山外图书社陆续挑拣最近上架的简体新书。此刻若是尚有余裕，便再直奔温州街上的若水堂与唐山书店。要不，倘若当天正值礼拜四，通常就是特地前往明目书社走访一趟，主要理由倒并非纯粹为了书，而只是想来这儿感染一下店门里外主客齐聚品茗谈天的书人气氛罢了。

　　常来明目书社的书友们都知道，逢了周四这一天午后，书店老板赖显邦照例载着一车新进货的简体字书从台中来到台北，店员以美工刀裁开封条，把一箱箱新书放在地上打开。还来不及摆到书架上，闻风而至的一批买书成癖的老客人便弯下腰，毫不客气地挑抢起书来。甚至还会有人顺道带了红酒约了朋友，大伙儿干脆就地围起门外院子里的方桌聊天，或者喝上赖老板泡的一壶茶，书香配着茶香各言其志，一坐近黄昏。傍晚有时还会生起炭火煮一锅鸡汤，一旁偶尔烤烤番薯，还有从老家带上来的蔬果野

明目书社最初在台大对面的新生南路上摆摊起家（约摄于 20 世纪 90 年代 / 明目书社提供）

菜，让有缘在此聚首的书友熟客们随兴享用。

明目书社虽是以社科类学术著作为主的简体书店，实际上反倒让人感觉更像是台湾早期充满人情味、带有老派"柑仔店"风格的旧书摊：用纸箱装着的书籍就直接堆放在地上，一箱一箱从院子里蔓延进店内，登门访书的书友们得低头依次查看。或许逛惯了一般书店的读者偶尔会觉得有些不便，但店主自有一套说法，说是书友应该在知识面前谦卑、低头，想来也不无道理。

类似这般独特的乡俗氛围，大约20多年前（20世纪90年代初），在台大侧门（新生南路）对面摆地摊卖书的历史盛况早已有之：同样也是书箱都还来不及摆好，读者已疯狂似的开箱动手翻书抢书，也不管有没有需要，先拿再说，就是不能有所遗漏。据说明目的第一代客人就是这么在街头认识的，所谓"明目开箱仪式"大抵也就从那时开始，周周行礼如仪。而等到经营客源稍事稳定后，明目随即从街头转进了台大对面的温州街巷内，于1990年正式挂牌成立出版社和书店。庭院门柱上钉着一块不起眼的小木板，上面用白色颜料写着"明目书社"——这就是它的招牌了。

十几年经营下来，乍看明目店面约莫不到15坪的空间陈设简陋，经常把书像地摊货一样摆卖，却总有川流不息的客人流连忘返。"对我而言，书店不是咖啡厅，要装潢得漂漂亮亮还要有音乐陪衬，"赖老板说道，"当初只是想要做一位专业学术材料的

温州街上有着古早旧书摊况味的明目书社

提供者，到现在理念也一直都没有改变。"

早先就读北大哲学研究所并兼职做翻译，随后由学院圈内半路出走投身鬻书事业的书店老板赖显邦，自有其不甘受体制局限的卓尔理念。对于学术界，他其实有着不尽的批评。在他看来，如今整个学院早已定型僵化，学术语言和规范的标准化，更让形式化既深、无法容纳奇能异秀的体制本身益形巩固，这也是明目于 2008 年 5 月独立发行《门外》杂志第一页昭然写着"院中少异秀，门外多长音"所欲殷切陈述的微言大义了。

这份 32 开大小、首刊发行 1000 本的刊物《门外》主要仿照日本"同人志"模式，邀集平日惯来书店逛书串门子的书友同好们写稿编印，全书仅五六十页的简短篇幅囊括了小说、哲学论述、散文、新诗以及摄影。此处"门外"一词无疑昭然宣示围绕着他的书店的这群作家、教师、编辑、摄影家及其他民间奇能异士，其实才是台湾社会酝酿新思创见与文化厚度的根柢所在，并且，作为一种既存于学院大门之外的多元声音不断绽放出烟花。

微风吹过店门前庭院绿意环绕的瞬间，有些许凉意，也很惬意，原本看似地窄人稠的台北城竟也顿时感觉开阔起来。

明目书社自制独立刊物《门外》

旧香沙龙：
台北城南琅嬛宝窟旧香居

　　遥想世外桃源的藏书洞天，元人伊世珍曾以"琅嬛福地"形容之。然而，伊氏所云，多属远离众尘纷扰超凡脱俗的"出世"境界。但其实人世间真正的书香仙境非仅是孤芳自赏，而当更是紧挨着繁华喧嚣之缘界，遂取得"入世"之静谧。

　　沿街市集人潮杂沓，一旁公园老树成荫，进出台北城南师大夜市龙泉街 81 号高悬着黄君璧手书的"旧香居"牌坊之所在，实为联系通往人间贩书场域与藏书仙境的结界处。当一推开玻璃门缓缓步入，所有对于珍本书（rare books）情有独钟的搜书迷、

仅从旧香居正门橱窗便能让人感受到知识的火光、浓郁的书香气息

来访旧香居的客人往往一副童心未泯，仿佛只需有书便已心满意足的样子

恋书癖、藏书狂（bibliomania）来到旧香居的刹那间几乎都变成了小孩，庶几印证了唐代诗人刘禹锡笔下"童心便有爱书癖"所形容。这些读书种子全然一副童心未泯只需此刻有书即心满意足的样子，仿佛阻绝了外界俗世纷扰，穿梭时空回到小时候爱胡乱翻书的童年岁月。

　　于此，我们不难想象学生时代曾以"九叶派诗人"为研究题材的香港作词家林夕，当他在旧香居看见了心仪已久的 20 世纪 30 年代辛笛《手掌集》原版诗集的那一刻该是何等雀跃！

　　有感于 1000 多年前白居易诗云"时之所重，仆之所轻"（意味当今世人所看重的恰好是我所不以为意的）这句千古喟叹，似乎已老早看透了时下新旧书业起落转圜的红尘写照。事实上，观望今昔图书市场有不少好书真是这样：当它甫出版面世仍在时，人们通常未甚爱重，必得等到绝版多年以后，方才逐渐懂得这书的价值而苦苦寻觅。至于更多的那些受到时效性新鲜话题影响在短期内凝聚了庞大"买气"的所谓畅销书，往往过了有效期限，不到几年时间便全被扔进了旧书摊无人问津。

光阴不停地流逝，任何事物只要经过了时间，都会变得面目全非。美人迟暮是时间所致，但许多书册经历岁月淘洗反倒更增几分历史况味。大抵为这残酷的时间所过滤的一切纸本对象，诸如书籍、字画、签条、广告、信札、明信片、邮票、照片、地图等，但凡有保存研究价值者，旧香居自当都能将它留下来。

既是旧书店也是独立书店

话说一家臻至美好的理想书店其实是无法确切归类的。

寻根探底，旧香居可谓兼具多种样貌形态，其本身既是专售绝版珍本书的旧书店（antiquarian bookshop），有别于一般以廉价书取胜的二手书店（second-hand bookshop），同时也是在书籍产业结构中不受连锁流程支配，并在选书经营方向上坚持其独特阅读品味的独立书店（independent bookstore）。店内不乏香港或本地艺文创作者自印诗集诗刊、明信片、手工笔记书散布其间，小草艺术学院、诗人零雨作品、宜兰《歪仔歪诗刊》、香港《字花》文学志等小众出版品皆伴随着旧香居一同度过许多午后书香时光。

当年在书迷中大受追捧的，亦有从境外托人带进来的《明日

书店本身即是一处充满淘书情趣与缘分的童话游乐场

风尚》杂志，以及由北京知名装帧家陆智昌设计的小说家西西的简体版《我城》《哀悼乳房》限量毛边本。

　　起先纯因个人兴趣之故，书店女主人吴雅慧早自香港《字花》杂志创刊之初（2006）便将这份港产文学刊物暨相关图书引进旧香居首卖，于是经由一本一本口碑相传，智海《默示录》、陈智德《愔斋书话》等一系列港版书很快受到旧香居读者熟客的热烈喜爱，连带使得香港库布里克出版社对台湾市场增添不少信心。未消几载经营，加诸种种因缘际会累积所致，遂有2010年香港图书文化界成功登陆台北书展后的大放异彩。

实而言之，旧香居不啻为华文书业圈内第一手信息流通的艺文中心，有时也更像是海内外各地爱书人士经常前来寻幽挖宝的国际访书景点，但我认为最有趣，也最深具特色的，撇开所有一切外在形象不谈，即如今设址在龙泉街的旧香居骨子里根本就是吴雅慧通过书籍元素来创造魔法奇迹的一处童话游乐场。

书本有灵，慧眼慧心以成幸福魔法

　　一则想象的童话源起于 30 年前。

　　那是早期大安森林公园尚未辟建、台北书展活动仍以信义路国际学舍为焦点的年代。国际学舍后方，有着一处旧垃圾回收场和一大片巷弄弯折如迷宫般的眷舍"建华新村"，村旁街边有许多裱装店、书报摊、小吃摊以及杂货店。就在邻近巷口的旧书铺子里，一个面容清秀的小女孩正闲坐在日圣书店（旧香居前身）的招牌底下替父母看店帮忙。她时常兴致勃勃地把店内架上同样颜色、宽厚的书一本本排列成行，有模有样地大玩"书册点兵录"，班上同学也每每乐于造访这处装满了各种罕见绝版品

旧香居女主人本身便是店内可移动的风景，沉浸在旧书堆中的浪漫天地，恍如意外跌入阅读旅程的时光树洞

的书肆游戏场所一同玩耍。

小女孩记忆里有数不尽的旧书幻梦，仿佛 19 世纪英国作家刘易斯·卡罗尔（Lewis Carroll，1832—1898）笔下女主角爱丽丝不慎迷途而闯进了森林洞窟，就这么游走穿梭于宛若后花园巷道般蜿蜒相互连通的眷村院落，置身在一个既熟悉却又总是充满惊奇刺激的异想国度。

随着国际学舍书展盛况走入历史，当年在旧书堆中玩乐不羁的吴家小女孩也长大了，之后便去了趟巴黎留学，朋友们开始称呼她法文名字"Camille"（卡密）。

尽管现实世界的时间之流终究没有静止，钟面依然无情地转动，但过去那段追逐书物奇幻洞窟似的童年时光和昔日欢颜却早已悄悄地冻结在那午后一瞬的永恒印象中。

不管是吴雅慧还是卡密，从日圣书店到旧香居，小女孩依旧

30 年前在日圣书店看顾书籍的小女孩，以及 30 年后在旧香居现身的《爱丽丝》

1990 年比邻信义路旧香居隔壁的信义书坊

20 世纪 70 年代日圣书店广告文宣

1990 年位于信义路国际学舍旁的旧香居

1996 年位于金华街 156 号的旧香居艺术中心

以她始终不变的爱书深情持续编织着属于自己的摩登童话：水汪汪的可爱"小布"碧丽丝（Blythe）就倚坐在全套《三三集刊》丛书（胡兰成、朱家姐妹[1]）上面，豆腐人、野兽国公仔玩偶则不时陪伴在绝版郭良蕙小说《心锁》旁，栩栩如生的纸牌外星人恒常与晨钟出版社那些中外文学老版本小说比邻而居。

翻览群书，思想驰骋。

来到旧香居，不同的人与书之间经常会发生某种难以解释的心电感应，比方当谈到某人时，那人恰巧就会出现，或者某本久寻未获之书往往在不经意的情况下在此相遇聚首。

其中让人感到最神奇的，还是某天有位熟客来店里寻找"斯坦贝克"的书，一时情急之下不小心口误说成了"贝克特"，而吴雅慧竟能洞悉对方原来真正要找的是"斯坦贝克"，像施展了魔法似的。但实际上说穿了，这根本也不是什么不可思议的"读心术"，应该说这是在她长期帮客人找书的专业经验累积下，生出的细心感受寻书之人常因搜书情切而产生错记或口误的那份体贴。

如是之言，时时刻刻恳切对待书与人的诚挚心意，其实才是旧香居最动人的真实魔法。

---

[1]　编注：指朱天文、朱天心姐妹。

融合台湾法式风格（Taiwan–French Style）的书店沙龙

一家实体书店可以让人真正听见各种不同的意见及声音，这是现今网络书店绝对做不到的。

对此，吴雅慧常自嘲旧香居乃是一个吸引全世界各地爱书怪咖的"书香黑洞"。此处所谓"怪咖"，无疑是相对于世俗标准，但只要他们进入了旧香居，不管怎样疯狂的爱书"怪咖"立刻都变成了"正常人"。就像电影《带我去远方》中患有先天辨色眼疾的小女孩千方百计地想要前往传说中的色盲岛，当同样一群嗜书重症患者齐聚在一起时，互相也就不以为怪了。

还记得有一部讲述书人因缘的文艺片《查令十字街 84 号》

无论再怎样疯狂的爱书"怪咖"，只要他们一进入旧香居，立即全都变成了"正常人"

旧香居风景

（84, *Charing Cross Road*），其中一幕场景为书店主人弗兰克·德尔（Frank Doel）（安东尼·霍普金斯［Anthony Hopkins］饰演）收到邮寄包裹，那是住在纽约的穷作家海伦·汉芙（Helene Hanff）（安妮·班克罗夫特［Anne Bancroft］饰演）远自美国寄来的各种肉类食品罐头，店内一群员工无不围在大桌子旁感受这份温暖。在此气氛下，我预期众人或许该要直接在店内开个小型派对宾主同乐，但拘谨的英国佬弗兰克·德尔毕竟没来这一套。

没想到电影中由书店熟客馈赠食物的类似景况，后来竟在台北旧香居频繁上演。不同的是，在鬻书本务以外，亦颇具 19 世纪巴黎沙龙女主人（Saloniere）神采流风的店主吴雅慧随兴所至，或陪同几位作家书友聊开之后，即席摆龙门阵或开红酒小酌一番。此为常有之事，每逢年节期间甚至还会举行跨年"换书趴"活动。

这不是伦敦查令十字街 84 号书店的英式风情，也并非 20 世纪 30 年代才女林徽因在北京胡同自宅的"客厅沙龙"风貌，而只是台北龙泉街 81 号所独有的融合了法式沙龙的特别风格。

我曾对雅慧开玩笑说："幸亏当初你去法国念书归来时没有嫁给法国男人，不然今天像旧香居这样的古书店也许就不是开在台北龙泉街，而是在巴黎塞纳河畔！"正因为台北这座城市有了旧香居，所幸我也就可以不必再凭空恋羡法国人有令他们引以为傲的莎士比亚书店（Shakespeare & Company）了。

旧香居师大店书架风景

书店橱窗且随季节更迭而有各种变幻的旧书风景

书与人，看得见与看不见的流泉汇聚

旧香居沙龙流传出的风闻远非逢迎主流，仅属无心栽柳的书闻逸谈。书店固定以文史哲类书为主轴的经营走向，搭配罕见的画册、摄影集，酝酿出一股卓尔不群的选书氛围，不唯老书客们纷纷回笼，同时更召唤出一批批过去隐而不现的年轻读者流连其间，且牢牢抓紧了他们的阅读脾胃。

在某种意义上，专业的古书店家其实都是深具隐喻的托孤者，要把一本可遇而不可求的好书交给真正能够托付的客人。

论空间格局，旧香居虽不足言大，一楼店面不过四五十坪（再加上地下室书库工作间约二三十坪），但徜徉其间，于古朴典雅的明式家具间穿梭，俯仰观望、游移寻书，却能让人感到十足天地宽敞。在满盈书香的斗室里，或有早已满身桂冠的前辈文人，或有执当代文艺界牛耳的笔耕名士，或有不羁流俗行事低调的搜书老饕。这儿就像丰沃的三角洲地带，周围无数条看得见与看不见的思潮流水都在此汇合。

旧香居流泉汇聚之说，不唯对"人"如此，对"书"本身亦然。尤其是那些具有研究价值的老版本好书，不少书主人总是乐于将手头暂不娱用的册叶珍宝抛散于此，真切地契合了"书往高价跑，如同水往低处流"这句流传在北京琉璃厂几十年的俗谚。

虽说旧香居主要卖过去的老书，但眼界与抱负却始终朝向未来更宽广的远景。

龙泉街旧香居自 2003 年开幕迄今，6 年有余，孜孜经营之外，总不忘透过举办珍本书展活动来传达其理念。从初试啼声的"清代台湾文献资料展"（2004 年 1 月 15 日—2 月 28 日）、"五四光影：近代文学期刊展"（2009 年 7 月 31 日—9 月 6 日）、"墨韵百年·台湾抒写：名人信札手稿展"（2011 年 8 月 6 日—9 月 23 日）、"张大千画册暨文献展"（2010 年 9 月 18 日—10 月 31 日），以及纪念龙泉店十周年的"本事·青春：台湾旧书风景"展览（2013 年 12 月 25 日—2014 年 3 月 2 日），毋庸标举古籍保存的

旧香居地下室展场经常不定期举办各种主题书展

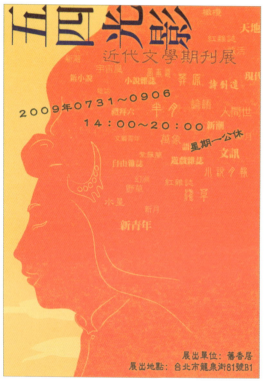

旧香居筹办年度展览活动的一些自制海报文宣

道貌要求，无须刻意迎求主流媒体的操作思维，唯一展现的，就只是回馈爱书人的纯然心意。

推而广之，旧香居更接连代表台湾旧书业者受邀参加第 1 届至第 3 届 "香港国际古书展"（2007—2009 年）。

表面上，看得见的尽是风华光彩。但，更多的是那些一时半刻无法得见的——起自 20 世纪 80 年代国际学舍旁日圣书店——吴家店主两代人长年累积下来的文化底蕴。

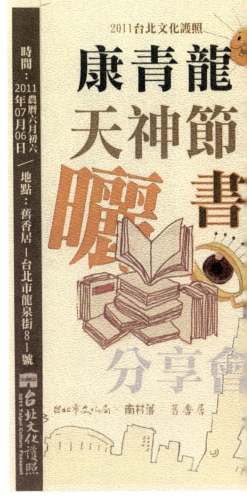

2011 年 "台北文化护照" 于旧香居举办 "康青龙天神节晒书分享会" 活动文宣

2011 年北一女中学生参访旧香居"墨韵百年・台湾抒写：名人信札手稿展"导览活动

2014 年旧香居十周年纪念大展"本事・青春：台湾旧书风景"展览座谈会，大家一
起说书、追忆青春

宛如一场流动的盛宴：
信鸽法国书店

在台北，委实有不少像 Librairie Le Pigeonnier 这样漂亮细致的小店藏身在邻里巷弄内，外头没有非常明显的大型招牌，靠的多半是老主顾的口耳相传，远离闹区、十分僻静，人们唯有以步行探访之。

此处"Le Pigeonnier"乃意指法文的"鸽舍"，中文店名为"信鸽法国书店"，自书店诞生到 2015 年已迈入第 16 个年头。近年随着台北地铁芦洲线的开通，你我爱书之人更能轻易地来此造访。端从松江南京站走出，自街边小巷转角而入，沿途享受两三分钟慢慢散步的光景，即可直抵这一方雅致、藏有惊喜的书香园地。

缤纷夺目、姿态万千的书店橱窗

众多版本的香奈儿传记与《时尚考》

在这里与书相遇，不单是纯恋物，而是更带有微微诗意的，一如那些不时擦肩而过的老街坊、邻近富趣味的手创小店、巷子里的咖啡气味。

初来到信鸽，其实无须太过急忙入内寻访猎书，当可先于门外咫尺见方的庭院角落稍作歇息、沉淀心境，顺便感受一会儿周边的悠闲氛围，或者对着矗立在店面中央的一大片典雅的玻璃橱窗细细品赏。向窗内望去，即见里面每每搭配各个季节活动所作的主题陈列，包括各种精美绝伦的手工艺立体书、童书绘本、法国著名的十字绣精品等，缤纷夺目、姿态万千，直到入内便宛如置身于另一处想象世界。法国出版品向来重视时尚、文化和历史，因此平台书架上自是少不了各种版本的香奈儿传记、老地图集与巴黎铁塔摄影专辑，而畅销书作家辜振丰的新版《时尚考》也赫然在列。普通书从法国古典文学到现代小说一应俱全，旁边玻璃柜里甚至还有法国高级红酒与时下欧洲最热的文学小说绘本。一推开门，仿佛走进了纸片立体书里的爱丽丝梦游仙境，既华丽又平实，往往教人不舍离去。

从巴黎到台北：与法国流行同步的阅读风景

"Bonjour！"偶然间听到店员向客人道声亲切的法语问安，这在信鸽法国书店可说是习以为常的。即便是先前未曾到过信鸽的初访者，相信也都会对店内那份寒暄如故的人情互动感觉印象深刻。特别是相较于其他连锁书店，"信鸽店员脸上总是挂着亲切的笑容"。从创店之初即已伴随"信鸽"一同成长的资深员工小萩（林幸萩）对此强调："她们不仅能叫出每个老顾客的名字，甚至还记得客人来找过些什么书，以及大致上的阅读口味。"由于自承并非书业科班出身，小萩在入行之初便很

来自比利时的小木偶也是长年陪伴着"信鸽"的伙伴之一

在这里与书相遇，不单是纯恋物，而是更带有微微诗意的

努力地吸取各种商管知识，诸如三思堂的《书店人员养成教育》《书店经营入门宝典》，以及屋代武的《现代化书店经营战略》等，几乎都成了她长期利用工作余暇和每晚入睡前必读的床头书。

自淡江大学法文系毕业后随即进入信鸽服务的小萩，仿佛骨子里就带有一种法国人与生俱来对待书籍与艺术创作的疯狂和热情：只要是她眼中认为具有阅读典藏价值的"好书"，哪怕市场再怎么小众，只要还没绝版，她都会想尽办法利用各种渠道把书订来。这里不少法文出版品都是从法国空运来台的，堪称与巴黎出版潮流同步，种类亦较市面上的书店齐全很多。屋内一整柜价格不菲、装订精美的"七星文库"（Bibliothèque de la Pléiade）和法国作家全集，如巴尔扎克（Honoré de Balzac）、加缪（Albert Camus）、福楼拜（Gustave Flaubert）、莫里哀（Molière）等作家的作品，仿佛一个个凝铸在书架上守护书店的文学灵魂，正等候着前来寻觅的有缘人。一旁还有世界各地名家绘本的《小王子》也欲向圣埃克苏佩里致敬。

此外，近期亦有作家辜振丰为了翻译波德莱尔诗集《恶之华》（*Les Fleurs du Mal*）而经常造访信鸽搜集资料，并央请代订相关法文书，没过多久店里便陆续出现了各式各样插图版本的《恶之华》，其中包括画家马蒂斯的罕见手绘本 *Les Fleurs du Mal：Illustrées par Henri Matisse*，以及法国出版社 Petit à petit 最新推出由 16 位漫画家集体创作的漫画版合辑 *Charles Baudelaire, Les poèmes en BD*。而我，则是在这里首度邂逅了法国纸艺家弗兰

书店内一角与各式各样的插图版本的《恶之华》

克·塞卡（Frank Secka）于 2011 年操刀设计的最新力作——萨德主题立体书《萨德勃起》（Sade Up）。此书通过现代摄影图像与类似传统巴洛克风插画背景的结合，不禁教人惊觉纸上机关暗藏许多男女肉体交杂的排列组合与姿势的不断变换，予以展现出前所未见的视觉效果与情色场景，也让我自此成了每月固定前往信鸽寻宝朝圣的立体书迷。据说像《萨德勃起》这样的书还特别抢手，目前在店里不仅已卖到缺货，甚至需再加订好几箱。

　　一言以蔽之，信鸽法国书店实乃跨越了语言上的隔阂，就算不谙法文也忍不住要沉沦。

萨德主题立体书（Sade Up）

一个巴黎犹太女子的文化大梦

在微凉的天气里，除了提供给读者一处拥有专业服务的法式阅读场所之外，对于许多熟客以及曾经在书店工作过的外文系学生来说，信鸽几乎成了他们心中不可或缺的另一个家。尤其每当书店举办大型展览或讲座活动期间，那些原本浪迹四方的"小鸽子"便会纷纷回笼到信鸽窝里一齐叙旧同乐。追根探源，回溯当初开始酝酿乃至凝聚这份温馨传承的精神源头，即是来自小萩口中每每不忘提起的施老师——信鸽法国书店创办人施兰芳女士（Françoise Zylberberg，老友都唤她 Zyl）。

时间拉回 30 多年前，在那个只知从美国《今日世界》看天下，对法国（欧洲文化）还很遥远陌生的年代，施兰芳即以巴黎第七大学交换教师身份前来台湾大学任教，起先因喜爱京剧名伶梅兰芳而由好友邱大环（彼时担任台大外文系讲师）为之命名的她，于 1979 年初次来台教授法语，从此她的后半生就与这块土地结下了不解的缘分。

来到书店，离柜台不远处的书架顶端摆放了施兰芳生前的一些日常照片，以及在她离世后（2011 年）信鸽成员特别为她制作的追思纪念辑。翻开专辑，照片里年轻时的施兰芳留着一头俏丽短发，穿着一袭英挺裤衫且经常烟不离手，目光里藏不住这探索世界的激情与专注，其模样神情简直像极了当年 19 岁以一部《日安忧郁》[1]（*Bonjour Tristesse*）迷倒众生的小说家萨冈（Françoise Sagan）！

来自第二次世界大战后移居法国的犹太家庭，能说得一口流利中文的施兰芳自云当年刚抵台湾时，曾经看过台大校园旁一片田渠中水牛漫步的田园景象，岂料尔后基于对台湾的热爱，她在这异乡之地度过了大半生，诚如早年亦曾受其影响而走上留学巴黎之路的作家陈玉慧声称"巴黎人施兰芳如今已是台北人了"，甚至"比台北人更台北"。为此之故，为回馈热爱学习法文的台湾读者，但凡任何法国美好的事物，她都想介绍到台湾来，而开书店无疑是一种最直接且又能令自己乐在其中的最佳方式。

于是就在 1999 年，施兰芳一手编织了梦想基地——她用最喜欢的手摇风琴在店里教大家唱法国香颂的全台第一家专业法文书店信鸽（Librairie Le Pigeonnier）终于如愿在台北市松江路小巷内正式开张。

作为文化交流窗口的书店

草创初期，信鸽主要以贩卖台湾风景人物明信片、复制画、精品兼进口法文书籍惨淡经营，然而通过创办人施兰芳与书店成员们的长期努力（店长小萩，以及长年专责财务与对外合作计划

---

[1]　编注:《日安忧郁》在大陆常用译名为《你好，忧愁》。萨冈又有译名"莎冈"。亦见本书《何妨浮生尽荒唐：读〈日安忧郁〉与少女萨冈》，页 185—189。

信鸽法国书店创办人施兰芳女士（左一及中、右）

书种齐全的台湾小说法文译本

书店柜台摆放着象征传递知识与信念的信鸽

的孙美丽小姐，再加上创办人施兰芳女士，三人堪称维系"信鸽"生命的铁三角），其不唯在主顾谈笑交往间换取了许多异乡的友谊，更经常主动联系法国出版社，说服作家访台，搭起了文化交流的桥梁，加上多样化商品及专业服务打出口碑，终于让书店营运趋于稳定。迄今信鸽每年都应邀参与法国国家图书中心（CNL, Centre national du livre）针对外国法文书店人员的培训活动，而从第一届台北国际书展起，信鸽法国书店就负责法国馆的筹备与活动策划。这些都与施兰芳的悉心付出不无关联（据闻她生前还一度立下宏愿，要将信鸽书店从台北拓展到北京、上海以及香港等地）。2010 年她甚至获得法国政府颁赠的"艺术暨文学骑士勋章"以表彰她长年"对法国文化领域所做的贡献"，不料半年后却传来她病逝消息，书店方面则交由其挚友、知名服装设计师洪丽芬经营。

近年来，有越来越多的台湾小说通过法文译本而开始和欧洲读者接触，此处信鸽法国书店便是一道相当可观的文化窗口。在这里你可以找到不少著名台湾小说家（包括白先勇、王文兴、杨牧、黄春明、李昂、黄凡、舞鹤）作品的法文译本，就连年青一辈的已故作家黄国峻也早早有了法文版《麦克风试音》（*Essais de micro*）。根据资深员工小萩的说法，其中尤以白先勇的《台北人》（*Gens de Taipei*）、舞鹤的《余生》（*Les Survivants*）最受法文读者青睐，销路不恶。前者的书籍封面设计以傀儡戏偶为主题，显示出一般法国人看待台湾文化的某种既定东方形象（亦令我联想到多年前李天禄的布袋戏曾在法国风靡一时）。另外黄春明的《锣》（*Le Gong*）封面上的广播麦克风也颇为契合小说寓意所指。

除此之外，在信鸽还可发现一些有趣的出版现象，比方有台湾小说作品在中书外译计划的经费补助下出了法文版，但在欧洲一般书店架上却完全找不到这些书的踪影，例如夏曼·蓝波安的《海浪的记忆》（*La Mémoire des vagues*），此书据说是一名台湾女生在法国开了一家出版社，专门用来承接台湾方面的翻译补助计划案，但也因为一整年只拿补助款才能出版，因此在法国市场通路中能见度相当有限。找遍全巴黎与全台湾各家书店，唯独信鸽才有一系列专门的进口书。

实际上，今日的信鸽早已不只是单纯协助大学采购法文书，让普通读者想要接触法国文化而走进去的一家书店，对许多陪伴信鸽成长的参与者而言，它毋宁说是提供书业出版社群以及外籍人士重要信息交流的艺文聚会所，一处串联起阅读共同记忆的归宿所在。

2012 年 10 月，法国知名漫画编剧及编辑莫尔旺（Jean-David Morvan）前来店内举办演讲会后与信鸽诸友合影留念

小小的书店招牌宛如一盏点亮知识的明灯

阅读城市人文小风景：
胡思二手书店

　　进入夜晚的罗斯福路台大校门口灯火异常璀璨，行人车潮川流不息，宛如走马灯般不断闪烁，放眼望去，新生南路对街转角处即是著名的书店地标"诚品台大店"，至于面向罗斯福路的另一边，则有鲜明的"胡思二手书"几个字，大片玻璃橱窗直教人眼前一亮……

　　原先在天母开店、现今搬迁至台大旁的胡思书店，虽然从大马路远处即可清楚看见淡黄字体晕着亮的"Whose Books"书店招牌，然而对于不少初来乍到者而言，却往往会有"不得其门而入"的窘境。殊不知其真正入口处乃必须绕至后方夜市俗称"大学口"的巷弄内。原来那里竟还藏有一条"秘密通道"，左右墙面上几乎贴满了近期艺文活动海报和广告。沿着小小长廊缓缓走上二楼，一推开门便是一片令人心旷神怡的室内风景：井然有序

入夜后的胡思书店橱窗更具魅力

书店，乃是通往知识的一条秘径

的深咖啡色木质书架优雅稳重又不失现代感，窗前设有几张咖啡桌可远眺台北 101 大楼，一旁玻璃展示柜里则摆放着几部欧洲 19 世纪摩洛哥皮装帧珍品书，以及店主合伙人收藏的百年古董留声机；三楼则是各国语言书区与童书绘本，有英文、日文、德文、俄文等语言的书，柔和晕黄的灯光不仅映衬着这些书，更给书店增添了几许温馨气息，让整个空间倍感温煦如春。

而最初，这一切对于经营书店的诸多想象与实现，其实早在 20 多年前一个高中女生的心中即已预埋下了缘分种子。

追怀光华商场那些年

彼时刚刚进入众声喧哗的 80 年代，台北光华商场桥下旧书生意景气、人潮滚滚，就读初三的蔡能宝（阿宝）一家人通过同为金门乡亲的舅舅（即王家书店老板）引介，也在这里租了个摊位开始贩卖旧书营生。

想当年，正是台湾中小企业普遍崛起、全家老小一同发扬朴实精神、乐拼经济的克难年代，而同样随着时代潮流来到光华商场投入旧书一行的金门蔡家，亦于创业之初发挥所谓"客厅即工厂"的创业精神，由家族成员合力（分工）经营一家旧书摊：其中对外收书工作主要交由二哥负责，待收满了一车子书后即动员全家采用接力方式将所有书籍搬到四楼的老家公寓存放（那时家中角落几乎都堆满了书），并加以擦拭清理。至于照料店面之责，

热情好客的胡思女主人蔡能宝

则交给阿宝、二嫂及母亲三人轮流来做。

彼时早期的光华商场由于尚未装有冷气空调设备，因此每到了夏季便非常闷热难耐，其间混杂着地下室霉味、汗臭以及厕所尿味的工作环境着实堪称"五味杂陈"。尽管此处空气条件极差，长时间工作也颇为沉闷，然而蔡能宝从高中到大学阶段（每逢寒暑假）却往往必须来到光华商场替家里看顾店面。周围随手可得的大量二手小说与文学书籍成了她纾解烦闷的最佳精神食粮。特别是那份和书本相处时获得安定的感觉，蔡能宝迄今仍无法忘情。自承个性内向却带有些许反叛的她，声称当年从不爱看追赶流行的言情小说罗曼史，反倒对于纯文学作家如陈映真、王祯和、黄春明、张爱玲、萧飒等尤为偏好。后来有一天，某位书店熟客甚至在言谈之间建议她不要只读中文作家的书，而应该尝试拓展视野，多看一些外国翻译小说，于是蔡能宝便找来了莫泊桑的《羊脂球》开始读，之后更逐渐延伸阅读福楼拜、萨冈、波德莱尔等人的法国文学经典。

回想当初看顾光华商场的那些年，正值解严前后，蔡能宝不仅懵懵懂懂地见证了当年旧书摊流通"禁书"从查禁到解禁的历史过程，而且她也隐约开始想象着日后能够拥有一间舒适温暖，犹如巴黎左岸莎士比亚书店那般气质独具而让客人不舍离去的理想书店。

胡思书店通往三楼外文
书与童书区的室内楼梯

从"天母"起步深耕：感念异乡客的书缘情分

而后自学校毕业（中兴大学社会系社工组）进入职场，蔡能宝暂且结束了看顾光华商场旧书摊店面的日子。过去从照料家族生意到大学所学内容仿佛早已注定要"服务别人"的她，起先进入台北市的相关机构从事青少年辅导工作，后来成为纽约人寿的寿险顾问，一待就是 8 年。

2002 年夏天，某个因缘际会下，因为朋友租下了位于台北市天母美国学校旁的一楼店面，房东连带要求二楼空间也必须一起承租，并只给她 3 天的考虑期限。于此，事前全然对当地环境不甚了解的蔡能宝为了一圆昔日"开书店"的梦想，乃毅然决定承租这家店面二楼，创设了胡思二手书店。（所以说真正促成开书店这件事的关键就在于必须拥有一股莫名其妙的冲动！）

此处店名"胡思"，主要是从英文单词"whose"音译而来的双关语，顾名思义"Whose Books"乃意指来到店里的每本书都曾经是属于某个人的，可一旦到了店里就别再"胡思"乱想，只要有读者喜欢就都可以把它带走！

然而，所谓"梦想"总是美好，可"现实"却很残酷！尤其对于草创初期的胡思来说，开张时即因缺乏本地收书渠道以及大量旧书作货底，再加上没能因地制宜顾及天母居民的阅读口味，譬如过去曾在光华商场销路不恶的杂志、漫画和言情小说，岂料

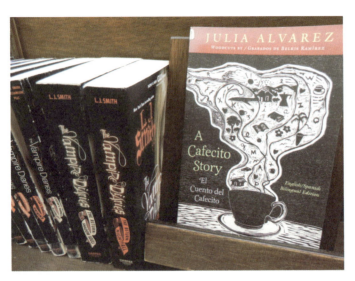

二楼英文区常展露不同面貌

Whose Books 外文书堪称全台二手书店之冠

在天母却都成了滞销货，就连前一个月新出的财经杂志都卖不出去，果不其然在头一年内生意惨淡，门可罗雀。起初书店每个月平均有两三万元的经营赤字，大抵过了一年才渐入佳境，甚至还能进一步抓住天母人的阅读口味（主要包含文学、历史、哲学和艺术类书），主打外文书为特色，逐渐打响了名声。其中特别是关于外文书的部分，这段时期胡思很幸运地先后遇到了两位贵人相助：加拿大籍退休教师琼老太太义务帮忙指点店里的外文书籍做分类（包括应以外国作者的"姓"而非"名"为分类标准，电影小说要以戏名来分，传记类要以被写的人的名字来分），另外来自美国住天母附近的克劳迪娅小姐也提供她先前经营读书会的英文书共两三千本卖给胡思，充实了创业初期的基础书量。

单就外文书种与数量而论，胡思堪称全台二手书店之冠。如今尽管外文书这部分始终获利不高（销售量约占营业额的 1/4，其中以英文书最多，其次为日文书，另外还有德文、法文、韩文甚至俄文等书，内容上则以小说居多），却是胡思自创店以来坚持为小众读者服务的一项重要专业类别。

秉持书店人文精神与理想性格

2008 年，胡思的士林分店在台北地铁（士林）站旁开张。2010 年，随着大环境低迷，天母住宅区人口逐渐外移，再加上台北市地铁并未通往天母所造成的种种交通不便，旧书生意连带受到影响，蔡能宝乃决定结束原本在天母耕耘多年的老店面，转而

回顾 20 世纪 80 年代晚期，《台北人》杂志的内容性质颇近于同一时期陈映真创办的《人间杂志》，都是着重以纪实摄影与报告文学介入关注社会底层，试图深入追求真相并实践人道关怀精神的一份民间自办刊物。两者稍有不同的是，《台北人》比较重视影像的部分，纸张开本更大，更具人文摄影集的气魄，但相对而言受到一般读者瞩目的程度较不及《人间杂志》，如今知道《台北人》这套杂志的读者似乎也并不多。

迁往公馆地区重新开幕。

谈及书店经营的关键处，蔡能宝认为书店本身一定要找出属于自己的风格与定位，如此才能够面对阅读习惯改变的潮流。自从 2002 年创店以来，胡思委实吸引了不少热衷买书搜书的"死忠"书友，并且逐渐汇聚了一群文化界的友人常客，包括儿童文学作家林焕彰、台湾史学者卓克华、人类学教授李忠霖、金门籍报告文学作家杨树清、漂流木艺术家杨树森、女诗人林灵等。此外每到傍晚时分，偶尔还会遇见作家王文兴驻足流连于一排外文诗集小说文学区柜前的淘书身影。

由于胡思公馆店位处台北城南一带读书买书风气最盛的文教区，所以店内经常会收购到不少质量俱佳、大抵从某些老学者或资深作家手中留存迄今的珍稀藏书。如若常常每隔一段时日固定来此"巡田水"走逛一番的话，往往会有令人惊艳的意外收获。印象较深的是，记得我曾在胡思架上发现过一套几乎册数完整、品相颇为良好的《台北人》报道摄影杂志。该杂志于 1987 年 9 月由自立晚报社发行，每月定期出刊 1 期，至 1988 年 6 月止共有 10 期。当时的我不由得眼睛一亮，惊喜未定，便赶紧先挑了几本自己缺的期数，另外也顺便替朋友找书，于是全都买了下来。（但很可惜还是缺两本，已被其他更早看到的客人挑走了，遗憾啊！）另外还有一次难得的书缘，竟让我在这里找到了心中悬念已久，多年来几乎未曾在其他二手书店遇见的全套 10 册由名设计家霍荣龄装帧的精装典藏版《巴金译文选集》。

书店墙面经常不定期会有各式主题的艺术作品展

胡思（台大店）每月固定举办一场"胡思人文讲座"系列活动

如是，从天母商圈辗转来到台大公馆，开启了新契机之后，胡思在空间设计上留有较多余裕，能让读者感到舒适自在，进而营造出一种贴近书房的感觉。自从 2011 年起，更是率先推出每月固定一场的"胡思人文讲座"系列活动，陆续请来小说家张万康、骆以军、童伟格，以及诗人郑愁予、洛夫、瓦历斯·诺干等当代知名作家来到现场和读者做交流。同时也有非文学领域的社会学教授石计生主讲"恋恋宝岛歌后纪露霞"，作曲家李子恒分享"音乐、文学、歌：从'秋蝉''牵手'到'落番'"，时尚达人辜振丰谈"流行文化面面观"，甚至还有王文兴和李锡奇对谈"艺术与文学"，前台湾文学馆馆长李瑞腾与马来西亚维吾尔族女作家永乐多斯主讲"流离与回归：跨国界谈马华文学"等多元内容。

值此，胡思除了以拥有丰富的外文书为号召、举办各种讲演活动外，就像新书连锁店如诚品书店设有所谓"诚品选书"专柜每月定期主打某些特色重点书籍，胡思二手书店也从很早就开始设立"胡思推荐"书区来强调自己的选书风格。

来到胡思不强求非得买书才能翻阅逗留，且有闲适桌椅和书架前小平台让人随时稍事歇息以沉淀心情。"把顾客当家人，重视内心的感受，比只看到表面的利益更重要。"蔡能宝表示，"虽然有很多的服务项目和理念并无法短期回收，但总期待长期经营下能获取某些成就。"双鱼座的她自嘲有些莫名执着的浪漫性格，热情而好客，对于店内活动策划以及未来经营走向颇为坚持。比

书店一隅常有令人意外的小小惊喜

起单纯做生意赚钱营利，蔡能宝认为选择开书店主要是为了让自己过得开心自在，不奢望诉说太多的雄心壮志，但求稳定成长下还能顾及某些文化理念的推展。因为对她来说，如何维系一家书店的人文精神与理想性格（包括定期举办常态性的书店讲座活动，或提供场地赞助独立出版社不定期举办发布会）进而展现自身特色才是最重要的。

店内设有"胡思推荐"专柜

通往那美丽的年代：
1920 书店

    永乐市场对面，在每日游客香火鼎盛的霞海城隍庙旁，立着一整幢有着气派巴洛克立面、外观醒目的"屈臣氏大药房"李家街屋。这乃是迪化街（永乐町）一带的著名地标建筑，约莫自2010年年底开始，其中一侧墙面陆续挂上了成排的砖红色布旗，上头写着"1920s' Legacy"（20世纪20年代遗产或精神）。该店名曰"小艺埕"（Art Yard），顾名思义即指"谦卑地在大稻埕卖小艺"，里头不仅有咖啡馆（炉锅咖啡）、展演场地（思剧场），也有手工艺（陶瓷、织布）工作室，以及一间小书店。对此，小艺埕创店经营者周奕成盼能吸引不同客群来到迪化街，并期许恢复大稻埕一百年前在文化上的影响力。

    只因为这里是承载了最多历史意义的地方。

    还记得前些日子看了伍迪·艾伦（Woody Allen）的《午夜巴黎》（*Midnight in Paris*）仿佛感觉意犹未尽，便不禁想把片中穿越时空的情节"移植"过来，从而开始幻想"午夜台北"是否也能在街上遇见这么一辆神奇的标致牌古董汽车，打开车门进去之后便能带你闯入昔日二三十年代的古早台北市街：那年头的淡水河畔尚未筑起偌高水泥堤防，能一眼望见浩浩河川。遥想水运发达的当年船行至此货物下船，于焉造就了一片繁华风光，船帆如云。而通往大稻埕太平町地区（今延平北路一带），则是蒋渭水

位在屈臣氏大药房百年街屋的小艺埕盼能吸引不同客群来到迪化街

小艺埕 1920 书店旧址（2012 年）

所开设的大安医院、台湾民报社和文化书局，同时他也在邻近经营春风得意楼（酒楼）作为广结文人志士的交流场域，并借由创组文化协会以启迪民智、开拓民众自觉运动风气之先。除此之外，漫游其周边且有音乐家邓雨贤、陈君玉、周添旺、李临秋等三五好友经常于傍晚相约波丽路西餐厅、山水亭台菜餐馆及天马茶房咖啡馆聚会谈天说地，从艺术文化到思潮时事几乎无所不聊。一干子黑猫姊黑狗兄穿着英式西服洋装圆帽，一边品尝手中那杯咖啡，一边聆听留声机曲盘，随着节奏韵律微微哼唱出邓雨贤笔下谱出的《跳舞时代》曲调，歌颂自由爱情时代的来临……

　　然而对于当时真正生活在 20 世纪二三十年代的老台北人来说，套一句伍迪·艾伦式的戏谑口吻："这一切真如我们想象般美好吗？"

　　其实，这就好比《午夜巴黎》片中男主角欧文·威尔逊（Owen Wilson）扮演的作家吉尔（Gil）回到 20 世纪 20 年代与海明威（Hemingway）、菲茨杰拉德（F. Scott Fitzgerald）等文坛巨匠在巴黎邂逅——那无疑便是他内心向往已久的黄金年代。岂料当他与缪斯女神阿德里亚娜（Adriana）（当年毕加索的情妇）相识且又再次意外地坐上马车，并进入更早期的 19 世纪末看见印象派画家洛特雷克（Lautrec）与高更（paul Gauguin）之际，阿德里亚娜却对吉尔宣称 19 世纪 80 年代才是她梦寐以求的美好时代。

　　或许，身处每个不同年代的人们免不了都在感叹自己生不逢时，并且总会不时想象、恋慕距离他们遥远的上一个时期，感叹那才是真正的"黄金年代"。

无独有偶，过去大稻埕曾是北部经济发展最昌盛的"本岛人市街"，亦为文化精英和士绅阶级的汇聚阵地，过去他们在此吟咏赋诗、撰文演讲，积极推展新文化运动思潮，俨然形成一股引领时代改革的巨流！尔后伴随着东区（信义计划区）新都心的崛起，城市发展轴线由西向东嬗递，如今大稻埕尽管仍美丽依旧，却已繁荣不再。但所幸尚可予人期待的是，隐隐然这世界总是不断带来巨大变化，以及相对未知的机会。于是乎，一群年轻的创业者遂组成"世代文化创业群"，为追寻当年由大稻埕发轫的台湾新文化运动足迹，因此有了小艺埕的1920书店（Bookstore 1920s）的诞生。

百年街屋书店风景

"无经验可，无精神不可。学历不拘，爱读书必须。性别不限，要有魅力无限。""特殊福利：可用进货价买书；每日一壶炉锅咖啡，薪资面议；打扮成1920年代风来上班，可享员工分红配股。"此为2011年小艺埕的1920书店开幕之初招募新进员工的征人启事！其中特别提到鼓励店员在工作场所扮装成"20世纪20年代风"现身。如此大喇喇玩起日本青年Cosplay次文化的招募条文委实不禁令人会心一笑。

话说小艺埕坐落于迪化街永乐市场口，在修建于 20 世纪 20 年代的屈臣氏大药房内。李氏家屋曾被台北市文化局列入市定古迹（台北市迪化街一段 32 巷 1 号），多年前却因为楼下餐饮店不慎引发火灾，导致内部木结构付之一炬。后来屋主重建，除了外墙不变动，室内空间完全将过去由福州杉木构成的楼梯与地板以钢筋水泥替代。随之，就在房屋修建落成后，这幢累积近百年历史、有着三层楼独立空间的古老街屋，很快便被当时甫从政治圈内隐退、投身寻求"微型（文化）创业"契机的周奕成视为心目中的"梦幻店面"而承租下来。

来到小艺埕，走进这幢老街屋的一楼，迎面便是人文书店"1920 书店"以及布料设计工作室"印花乐"。此处店面空间不大，却也自有一番从容惬意的悠然景致——入口平台陈列着每月主题重点选书，其类别大略囊括了台湾文学、美术设计、旅游踏查、当代社会思潮以及台北城市史等相关题材出版品，庶几具体而微地呈现出大稻埕从过去到现在的百年绝代风华。

沿着墙边楼梯走上二楼则是精品"炉锅咖啡"（Luguo Cafe），这里不乏经营者早期从网络邮购或二手市场依着不同的机缘经年累月搜集得来的旧家具（包括老式长条板凳和打字机）、线条造型兼具摩登与古典风味的桌椅，加上挑高天花板搭配红色方块地砖，另有矮柜陈设之间随处摆放着的店主人的私房藏书以及各类时事艺文杂志，营造出既复古又前卫的新鲜感。在幽微温润的光影下，仿佛于浓郁的咖啡味道中透着一股书香，独特氛围总是令

小艺埕三楼"思剧场"经常不定期举办公开（免费）演讲活动，后方即是挑高 5 米半的招牌书墙。

店内宾客如云。

至于三楼的"思剧场"，主要提供商业及艺文公益活动租借，里头有一面挑高五米半，从地面延伸至斜屋顶天花板的壮观书墙巍峨矗立，堪称小艺埕全店最令人动容的空间地标。

淘书者言：酒香不怕巷子深

及至 2015 年 5 月，1920 书店于迪化街小艺埕默默耕耘三年有余之后，搬迁到了位于霞海城隍庙后方较为僻静的民乐街上一幢前后两进的三层楼街屋——名曰"众艺埕"——之中[1]。此处约莫聚合了潮服店、布作生活用品、自行车店、二手相机、童书绘本屋、手工皮革工作室、日式洋风小酒馆等诸多兼具质感与创意的独立自创小品牌，百花齐放，其中 1920 书店便落脚在二楼处。

对于真正的爱书人来说，诚可谓"酒香不怕巷子深"，而小巷深处毋宁也可飘书香，且在这古老街屋、旧式窗花之间滋养出一种尘俗之外的从容和淡然，不骄不躁，不疾不徐。从门口缓步拾级而上，穿过天井，走进洗石子墙面挂有"1920s"布招的店内，乍见一片书林景观，讶然顿觉别有洞天、豁然开朗。整幢街屋（两进式三层楼）原本分隔为二处，如今打通两座天井之间的

[1]　顾名思义，"众艺埕"即是以大"众"及群"众"为题，位于台北市民乐街 20 号、22 号，或由民生西路 362 巷 23 号另一侧进入，包含有民众工艺、本岛在地、复古风华、当代设计、生活滋味和美学教育等主题。

众艺埕 1920 书店新址（2015 年）

隔墙，遂形成了引人入胜的复式空间，便于人上下穿梭，自由游走于屋内各家商铺。

随意踱走书柜旁、楼梯边，举目即见象征 20 世纪 20 年代摩登思潮的鲁迅、蒋渭水、徐志摩、芥川龙之介、菲茨杰拉德、波伏娃（Simone de Beauvoir）、格罗皮乌斯（Walter Gropius）、路易斯·阿姆斯特朗（Louis Armstrong）等中西文化人物，他们都化身成了一道道鲜明的风景，与每月不定期更换书籍陈列的"大稻埕文艺书展"相映成趣。一旁则有日据时期前辈画家郭雪湖的《南街殷赈》复制名画，伴随着许多角落摆置的各种搭配在地文化而有不同特色主题的"小草明信片"。

1920 书店满怀时代气味的书籍平台

1920 书店小草明信片与台湾主题笔记书

具有在地文化特色的风景明信片和陶艺品

1920 书店的特色明信片

　　翻览群书、徜徉恣肆，从《岛屿浮世绘》到《老屋颜》，从《殖民主义与文化抗争》到《百年追求》，人们似乎就在某种意识抑或无意识的阅读过程当中不断找寻历史的再现和隐喻。除此之外，这里的书架上也能找到据说是 1920 书店相当受欢迎的畅销书：知名画家暨美术史家谢里法以战前山水亭台菜餐馆、波丽路西餐厅为故事场景而作的长篇小说《紫色大稻埕》，以及台北市文化局复刻的当年邓雨贤、周添旺在古伦美亚[1]灌录的唱片令你置身其间，仿佛重返昔日留声岁月。

着重联结在地生活的文化聚落：以"书店"作为精神核心不断延展

　　始自 2010 年，世代文化创业群以进驻迪化街为起点，一步步开拓了"大稻埕做大艺埕"的文化街区聚落版图，以每年营造一栋街屋的步调持续延展。从 2011 年"小艺埕"、2012 年"民艺埕"[2]、2013 年"众艺埕"，直至 2014 年"学艺埕"[3]"联艺埕"与

---

[1]　古伦美亚唱片，是为台湾地区第一家制造发行留声机唱片（SP）的流行音乐唱片公司，由日本人柏野正次郎成立，以代理美国哥伦比亚唱片所生产的留声机为主要业务。

[2]　台北市迪化街一段 67 号，当初之所以将店名取作"民艺埕"，乃是期许这里将来能够逐步实现"亚洲民艺汇聚大稻埕"之意，同时为了更深入理解、宣扬所谓"民艺"思想，初期不仅筹设了日本近代工业设计师柳宗理（日本"民艺之父"柳宗悦之子）的作品展，同时也将陆续举办一系列"民艺与设计"讲座。

[3]　台北市迪化街一段 167 号，以工艺及美学教育为主题，不定期举办展览与讲座课程。

民艺埕一楼店面陈列柳宗理的工艺设计作品展

"读人馆"（Readers' House）[1]，经过一番努力，这里逐渐吸引了一群怀着梦想的创业人士相继来到大稻埕。他们不仅关切在地文化与风俗民情，亦与迪化街当地屋主与业者持续深耕、良善沟通，彼此建立长远合作关系，让过去只有中药行、南北货及布料行的传统产业市街，慢慢酝酿出一股新气象，相继出现了独立书店、个性咖啡屋、小酒吧、陶瓷工艺品店、展览空间及手工微型创业者等特色店家。

---

[1] 台北市迪化街一段 195 号—199 号，以风土、博物、旅行为主题，为一栋三进式街屋，一进是公平贸易商店"茧裹子"、咖啡烘焙坊"咸花生"、文化果品"丰味"。二进是欧亚料理餐酒馆"孔雀"（Peacock Bistro）。三进则是通往安西街 42 号，为举办文学书店沙龙及提供旅人住宿的"读人馆"（Readers' House）。

读人馆不时会举办书店沙龙活动，并且为旅人提供住宿空间

除此之外，传统三进式街屋过去大多曾是中药行老铺，内部纵深狭长，中段有着天井空间，从街上观之，长期以来都只能看见最前方第一进从事零售批发的店铺门面。至于其余闲置的老屋则几乎更是闭门深锁不见天日。后来经过修缮以后重新规划，在平面上陆续打通，串接起后方二进三进的储藏空间，再加上一批创业者新

民艺埕二楼茶馆流露出一种旧式台湾家屋特有的悠闲静谧的空间氛围

店面的进驻，这些修缮得极有复古况味的连栋街屋遂慢慢引来人气的流动，让民众能够在其间随兴游逛，成为外界访客寻幽探胜、流连忘返之地。

很多人一到这里，就好像刹那间掉入时光回廊，沉浸在一种旧式台湾家屋悠闲静谧的氛围当中。在商店与门宅之间，一层层的路径规划，职住叠合，前后进的院落相接，此处的前廊径直通往彼岸的后巷：每回偶然的游逛穿梭、前入后出，都宛如不经意地闯入了非正式的秘密隧道，又仿佛经历了戏剧化的空间转场，还有那空气里不时飘散出的淡淡茶香，复古的老旧桌椅，以及浓浓的中药材味，总是让徒步晃荡的心情，扬起缓缓期待。

位在同一幢三进式街屋的联艺埕与读人馆于各进之间皆有绿意盎然的天井花园相互连通，让人可以在此悠游穿梭，似是柳暗花明又一村

读人馆文学书店的廊道尽头即是通往另一处秘密花园的所在

回顾过去，当年蒋渭水在太平町（今延平北路）开设的文化书局（1926），连雅堂创立的雅堂书局（1928），以及当时由蒋渭水出资赞助、谢雪红与杨克培共同开设的国际书局（1929），迄今为止已经 80 余年。这么长的时间里，大稻埕没有再开过任何一家新的（在地）书店了，直到 1920 书店出现（还有后来 2014 年开设于甘州街的文自秀趣味书房）。

"大稻埕的辉煌盛世，正是在 20 世纪 20 年代，"世代文化创业群负责人周奕成表示，"然而在大稻埕开店创业并非只是单纯为了怀旧，而是希望能在延续既有的历史基础上进一步创新。"职是之故，近年来相继进驻的小艺埕、民艺埕、众艺埕以及联艺埕不仅致力于联结过去曾在大稻埕引领风骚的文化产业（包括茶、中药、织布、戏曲、古迹建筑），而且更强调与在地生活文化紧密结合——诸如开店初期举办"文化协会九十周年活动"、播放音乐剧《渭水春风》，另外也会自制发行《大艺埕街刊》、策划"梦游一九二〇变装游行"以及"郭雪湖名画《南街殷赈》重回故里行动"。甚至为配合邻近霞海城隍庙举行民俗庆典的阵头活动，店家还特地在民艺埕门口奉茶慰劳阵头小兄弟们及来宾信众。

此外，为求和当地生活作息同一步调，小艺埕与民艺埕等到了晚上 7 点钟也一概跟着熄灯打烊。正所谓"新"事业和"旧"传统彼此之间应当相互学习、和睦共存，"我把创业视为创作，文化事业应该先做了再说"，负责人周奕成期许在未来 10 年内

（2020 年之前）赋予大稻埕以新生命，祈望使之成为一处能够引发更多艺文思潮与公共讨论的文化重镇。

或许，像你我这样听惯了爵士乐或现代流行乐的普通读者，不妨也可以来一趟 1920 书店，试着听听邻近大稻埕在地的时代歌谣或北管八音。

上了山就看海：
寻访九份乐伯二手书店

　　书店，向来被视为城市的产物。职是之故，某些少数位居城郊边缘地带而兼享有天然景致与人文风貌的小镇书店无疑也就更加显得出尘脱俗羡煞凡人了。正所谓"遗世隐居看山岚，入世卖书讨生活"。一般人仅能仰慕，难以追随。

　　走在老街蜿蜒的街道上，身边多是异国的游客，多样的语言令人有时空错置的幻觉。颓圮的升平戏院一任野草蔓生，泛黄的电影宣传画诉说着恋恋风尘。这里没有刻意的广告和宣传，不过短短几年光景便已在爱书人圈内口碑盛传。在台北周边类似这般得天独厚环境条件的特色书店，除了淡水河岸的有河BOOK，无疑便属九份山城的乐伯二手书店。此处"乐伯"

从九份店家窗外望去，便是一幅宜人的山海风景画

颓圮的升平戏院—任野草蔓生，泛黄的电影宣传画诉说着恋恋风尘

（Lobo）乃是书店主人化名，至于真名就不重要了，大家在九份都叫他乐伯便是。

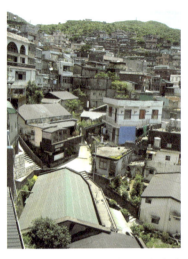

九份这个过去曾以产金闻名，早年素有"小上海"和"小香港"美誉的矿业小镇，早自清朝光绪年间即因大量淘金客涌入而繁华。继之，到了20世纪30年代，复又随着金价上涨缔造了"亚洲金都"繁华绚

九份过去曾以产金闻名，早年素有"小上海"和"小香港"美誉

丽的辉煌盛况。1945年之后，由于金矿逐渐被开采殆尽，昔日盛极一时的采金事业也就迅速走入了历史。

1989年因侯孝贤执导的电影《悲情城市》在威尼斯影展大放异彩，九份山城的狭长街梯上再度涌入了无数慕名而来的观光客。每逢周末假日，游客摩肩接踵，喧哗扰攘一如台北闹区街头，原本宁静的山城不再宁静，成为一处临海半山腰间由商业怀旧主题堆砌成形的城市后花园。

尽管数十年来起起落落的九份小镇不知曾经有过多少小吃店、摊贩以及民宿业者驻足于斯，而今可称书店者却始终仅有"乐伯"一处。长年在观光区经营二手书店的乐伯，自云"六、日上班，周休5日"，平常日子若不是在书店里，就是在庙前和

平常不在书店的日子，往往就在隔壁邻居家宅串门子，穿梭于忽上忽下的山城小道间

老矿工泡茶聊天，或是到隔壁邻居家宅串门子，穿梭于忽上忽下的山城小道间。

顺着基山街弯弯曲曲地迂回行进，两侧商店热闹异常，约莫快到尽头时转个弯，便可远望位于 182 号的书店旧址，且见三两民宿店家垂立于山崖边，流连其间不禁有股闹中取静的隐士趣味。每回搭车上山买书，亦予人从近乎踏入深山采药的感觉。从店家的大落地窗望去，就是一幅宜人的山海风景画：澳底港、外木山、野柳岬、基隆屿，由近而远，尽收眼底。

坐山面海惜书缘，二手书店知客僧

话说 2006 年间，原先以新书买卖为业的乐伯适逢经营生涯转折，打算择一处环境清幽之地开设二手书店，后经友人辗转相告，得知诗人林焕彰的房子正欲出租。于是某天晚上，他依约来到诗人位在九份的居所"半半楼"（因九份地势特殊，建物一半在地面，一半在地下，故有此别号），一进门内便陡然惊觉眼前落地窗外黝黑海面上的点点渔火闪耀如繁星，他一眼就爱上，乃毅然决定租下用来开书店。

性格乐天知命、出身法律系的乐伯，宣称开书店乃是他目前唯一做过的职业。对此，他经常回忆起小时候虽因家境困窘买不起课外读物，而在住家附近开书店的某位阿婆却总是对他极好，每发现他站着"看白书"，不但不赶人，还拿板凳给他坐。自此，开书店便成为乐伯心中长久以来无法忘情的一个浪漫夙愿。

后来，书店顺利于秋天开张。两层楼 15 坪大小的书店，约莫上万本藏书，没有多余的室内装潢与摆设，委实就像是乐伯私人书房般。"我在九份看着山与海，不得不承认自己的渺小，"乐伯表示，"在二手书店里我是个知客僧，与客人叙述着旧城的九份……书店与客人之间的界限不明显，也是我经营书店的乐趣所在。"

或许是这般真诚的经营方式，乐伯得以和不少来自五湖四海的客人成为朋友，时常有书友到店中寻宝聊天。"时常一个客人坐下来跟我聊天，30 分钟内就让我听到他人生的精华。"乐伯回忆道。某次他在博客上写了一篇文章，提及当时老矿工喝酒的情况，不到几日，竟收到陌生网友寄来的好酒。他也曾收过黑胶唱片、名画家生前书信等珍贵赠礼。

书本有灵，虔诚要紧

随之，到了 2008 年 8 月，乐伯二手书店因铺子租约到期而进行搬迁。迁至佛堂巷新址后的书店仍在九份，但稍稍远离街市核心，反倒更多了些幽静。访客只要从基山街尾大转弯处与佛堂巷交接口的牌楼进去，就能看到一栋白色二层楼略带斑驳的现代建筑与二手书店的招牌。不同的是，书店里虽少了一片观海的大幅落地窗，整体空间却感觉宽阔了许多，架上书量同时也增添不

墙边挂着二手书店路标用以指点陌路生客寻径而来

别出心裁的特色书店指标

迁至佛堂巷新址后的乐伯二手书店

少，走上楼去，举目即见楼梯间悬有台湾前辈作家王昶雄手书"安得开门对绝景，更思筑室藏奇珍"字联一幅，亦别出心裁。原先旧址附近则是挂上了一块像鲸鱼模样的招牌，用以指点陌路生客寻径而来。

这时由于书店空间上的限制，乐伯特别将店内收纳之书锁定在文学、历史、哲学、艺术等几大类。在这些书当中，不易分类或流通性较高者大多摆放在书店一楼，二楼空间则以台湾地区文学、大陆文学、英日翻译、社会科学、古典典籍、中外历史书籍为主。店内标价大约是一般新书定价的 5 折，有些时候则会祭出特价优惠。

尽管此处距台北城内地区至少半日之遥，但若论存书量多质精、买卖出入流动之快，乐伯二手书店可是一点也不含糊，和许多城市同业二手书店相较诚然毫不逊色。不少嗜书老饕、淘书常客每每上山访书几乎都能满载而归。

但凡看到适合的、符合书店主题的书，乐伯几乎都会不远千里跑遍全台湾去收购。

事实上，乐伯先前也曾在大台北地区开过只贩卖新书的连锁书店，他说当时的感觉就像"饲料鸡"，上游供货商给什么书就卖什么书，卖的是装潢、广告；现在开了二手书店之后却像是"土鸡"，常常四处奔波，想要什么书就得亲自去寻觅，有种不可预期的快乐。能一窥爱书人的家，是他搜书的乐趣之一，"我常花十分钟收书，却和书主聊了一个早上，"乐伯说，"书是有灵性的，虔诚要紧，每一座书柜就等于是爱书人一本无言而恒久的回忆录，在打开书柜的那一刹那，迎面而来的是爱书人曾经的往事与心事。"

至于提及"收书"一事，乐伯自承收购书源的渠道尽管相当广泛，但有两个规矩很特别：一、不跟亲朋好友收书；二、不在书店现场收书。这也与一般二手书店的经营或收书方式大相径庭。

我是二手，谁是我的下一手

已不大记得是哪位藏书前辈这么说过：一家旧书店只要能营造出它独一无二的风格面貌，即使开在再偏僻的地方也都会有人不远千里专程造访。坐落于山崖海角的乐伯二手书店实不啻为如此一方书香天地。

自从书店搬到新址之后，非但进来买书的人没有减少，反而引来了九份地区以外更多想要进佛堂巷一探究竟的观光人潮。

那么，如此一来书店生意岂非愈加兴盛？

其实不然，说到这当中的"卖书"甘苦，乐伯坦言经营二手

书店楼梯间悬有台湾前辈作家王昶雄手书"安得开门对绝景，更思筑室藏奇珍"字联一幅

由于书店空间上的限制，乐伯特别将店内收纳之书锁定在文学、历史、哲学、艺术等几大类

书店其实赚不了什么钱，"但只要物质欲望降到最低，生活就不成问题"。对此，乐伯看待得云淡风轻，因此与其说他是在开书店营生，毋宁说他比较像是替每本书找到归宿。他的二手书哲学是："我是二手，谁是我的下一手？"而与对书颇有研究的客人熟识，则又是另一个惊奇。记忆力极佳的他，不仅记得每本书的原始主人，有时若遇上有缘非赠书不可的客人，乐伯甚至还会献上惊喜，赠予珍本，并且备有一本赠书签领册请对方签名记录，据说这是为了方便他日告知原书主书的去处。

随季节及天候变幻万千的山城风景，总让乐伯百看不厌。本身即热爱着九份的他，平日贩书收书之余只要一有空，就会在水金九地区探访采撷各种人文历史遗迹以及当地耆老口述逸事。乐伯说九份就像台湾开发的缩影，这里曾经发生最惨烈的煤矿灾变，还有三貂社，但这些传说都将在时间的推移下逐渐消逝。于是，他开始把过去九份过往的这些点点滴滴全都写入博客。乐伯不只开书店，自己也像本书。

此时乐伯心中最大的梦想之一，便是希望有朝一日能在九份地区找到更大的空间，成立专卖台湾文学的书店。

每本书，其实都有它闪闪发亮的时刻。如果不是书店的气氛如此静好，我想有些书很可能从此就无法遇见理想的读者。就像九份乐伯这样的书店，无论经过了多久的岁月都是不该被人们遗忘的。

走在老街蜿蜒的街道上，身边多是异国游客，各样的语言令人有时空错置的幻觉

书店行旅，岛屿之东：
花莲旧书店散记

19 世纪法国象征主义诗人兰波（Arthur Rimbaud）曾有诗云：
"生活在他方（La vie est d'ailleurs）。"意谓从平日一切习以为常
的现状里出走，不仅止于一种心灵上的放逐，其实亦是为了重新
寻找内在更真实的自我。

尤其当我经历一阵繁忙生活过后，疲惫的身心每每盼着一股
宁静，总迫不及待趁机收拾行囊，搭上太鲁阁号列车，抛开一切
喧嚣与烦躁，远离台北，前往岛的东边，向壮丽多姿的海岸山脉
奔去，或想象投入太平洋的怀里。

花莲时光 1939 室内风景

四十年前，35 岁的诗人杨牧正在西雅图的太平洋沿岸看海，蓦然思及身在异国的岸边，浪潮必是从大海遥远另一端的岛屿故乡奔涌而来，便有感而发地写下《瓶中稿》：

当我涉足入海／轻微的质量不灭，水位涨高／彼岸的沙滩当更湿了一截／当我继续前行，甚至淹没于／无人的此岸七尺以西／不知道六月的花莲啊，花莲／是否又谣传海啸？

车窗外，眺望海湾的末端依着层峦叠翠的中央山脉，一边是清澈见底的湛蓝海面，一边则是逐渐拔高的山势。于此坐看潮涨潮落，听任海风轻拂，心境即随之如山稳重、似海宽广。到了城里，几乎每一个弯进去的街头转角都有着很复古的画面，稍不留意便易擦身错过。但见市区内大量参差坐落、低矮的日式木造老屋隐身在巷弄中，斑驳的门窗壁面诉说着岁月沧桑，时间似乎在这里变缓甚或静止了。

山海莽莽，回澜邂逅。时光流转，晃晃悠悠。

花莲，在我印象中仿佛就是个山海相连的迷人后花园，一处适合漫游和怀旧的城市。正所谓"一方水土养一方人"，物华天宝、人杰地灵，伴随着缓慢的生活步调，平常日子过得悠闲而简约，怪不得花莲人的性格大多真诚热情、直爽乐观，就连当地少数几家旧书店也都透着一份属于花莲独有的质朴气味。

因缘际会"旧书铺子"

自从投入写作生涯，陆续出书的这些年来，我似乎和花莲的旧书店特别有缘。

回溯 2003 年 5 月，花莲市博爱街上开始有了第一家旧书店，名曰"旧书铺子"。拥有美术背景（复兴商工美工科）的店主张学仁原先在北美馆工作，离职后一度贩卖艺术图书，随之于台北士林经营专业画材生意。其间常有机会与艺术家往来，却也因此意外卷入艺文界的风风雨雨，加上台北过度繁忙的工作压力，更令他深深厌倦都市生活。此时他突然想念起当年被分发在后山服兵役期间所感受的大山大海，遂毅然决定和太太两人迁居花莲。起初他一边四处找工作，一边也在美仑住家的社区回收场当义工，常看见许多因主人身故或搬家而被丢弃的一整批绝版书籍、画册、地方文献史料、老照片等被当作废纸送进垃圾场，于是他一点一点捡回留存，孰料没多久竟在家中积攒了上千本书。后来在某个机缘下即以每月 8000 元租金租下博爱街的店面，开设了"旧书铺子"，从此在花莲安身立命。

书店开张一年多，由于租约到期，旧书铺子搬迁至节约街的东益印刷厂旧厂房，此地亦是诗人杨牧青年时的居所（当年杨牧曾以笔名叶珊在这里刊印出他的诗集《水之湄》《花季》）。彼时素有"古物狂"称号的张学仁在进行整修时，发现挑高的屋顶藏着精致古朴的桧木梁架，便主张把天花板拆下，让整个屋顶结构

店员亲切的笑容展现出热忱的服务态度

旧书铺子规划有不同特色的主题分区，更利于读者找书挖宝

外露，既美观又通风。来访的客人只要一踩进门，迎面尽是扑鼻的桧木香与书香。店内书架都是由几块空心砖、木板简易搭成的，铺子内还珍藏了一台昔日印刷厂使用的裁纸机——张学仁平日整理旧书的工作台。至于当年留下的老旧玻璃柜，则用来摆放店主珍藏的花莲作家签名书。

于此，在当地爱书人士口耳相传，以及诸多报章媒体的争相报道下，由杨牧老家印刷厂改成的旧书铺子很快便引来读者大众的广泛关注，成为花莲在地象征怀旧文化的知名景点。旧书铺子慢慢闯出名声的那些年，恰逢台北旧书业新旧世代改革，且开启了另一波新型旧书店的转型风潮，像是龙泉街的旧香居、台大师大的茉莉书店、天母的胡思书店等，几乎都是在这段时期（2002—2003）陆续开店。

当时，无独有偶，远在东海岸的后山花莲也仿佛与这股旧书新浪潮相互应和，几家旧书摊铺纷纷创立。先是 2003 年 3 月开始有了一家"中古书摊"，它以流动的小货车方式摆售，由刘月华与黄柳池夫妇俩每天从早上 7 点到中午 12 点在重庆路附近的古物旧货跳蚤市场经营。此外又有张学仁的旧书铺子，以及 2004 年年初由吴宛霖与吴秀宁在建国路合开的"时光二手书店"。这三家店主人不唯性情与趣味殊异，书店本身也各有所长及地缘关系，为原本缺乏书店文化的花莲地区增添了一道道可观的旧书风景。因着这份微妙的因缘，2004 年 5 月《东海岸评论》杂志特别为此策划了一期"猎旧书"专题，采访撰文的编辑小各还昵称此三家店主为花莲旧书市的"铁三角"。随之，刘月华的中古书摊于经营数年之后率先退出旧书买卖这一行，目前则是在花莲市化道路租赁一处小小摊位贩卖有机蔬菜——店名"春田有机蔬菜铺"。至今花莲地区仅存（唯二）两家旧书店：旧书铺子与时光二手书店。

吾人幸甚！得遇久居花莲小镇的青年藏书家，同时也是我在台大城乡所的老同学何立民的引荐及协助，方能有机会躬逢其盛，几度往来后山书肆淘书，见证花莲旧书业那一段"曾经最美好"的时光。

及至 2010 年 10 月，旧书铺子因店面租约问题（原屋主决定改建大楼）而再度搬家撤柜，迁移到了光复街。当时的新店面开张不久，我即受张学仁老板之邀，参与书店首度对外举办的第一场公开活动，就是我的《装帧时代》新书发布会。还记得那天几乎所有住在花莲附近爱好逛旧书店淘书的书痴书迷们差不多全都到齐了，甚至还有人带来自家收藏的旧刊珍本不吝与现场其他读者分享，其纯朴热情的人情味最令我难以忘怀。另外当天时光二手书店女主人吴秀宁也来了，且在活动结束后即邀我下一部新书问世时去她那儿办一场演讲。没想到很快过了一年后，我又因《装帧台湾》这本书的出版而和时光书店结下缘分。

光复街上，花莲"旧书铺子"门口一景

邂逅"时光"，岁月流转

"来花莲，主要还是为了探望这些书店的老朋友，"我经常对早在台电花莲区营业处工作多年、占"地利之便"的老同学兼书友何立民开玩笑说，"全花莲也就只有这么几家旧书店，他们平日所进货的那些文学艺术类绝版书，这些年应该差不多都被你全部搜光了吧。"由于我俩在旧书领域的收藏嗜趣与品味相近，平日闲暇也都颇爱走逛旧书店及跳蚤市场，因此便有了这番默契：凡是他刚逛过的地方，往往让我无书可买；反之，亦然。

而我一直以来有个夙愿，那就是盼望能在花莲的旧书店买到当地耆宿骆香林（1895—1977）晚年（82岁）自费出版的摄影集《题咏花莲风物》。此书中收录黑白照片121帧、彩色63帧，并搭配作者的古典诗文加以题咏，难能可贵地记录了20世纪五六十年代花东土地的山川景观、风土人物与民俗风情。只可惜我走访各处书摊多年始终没能入手。书缘未到，至今仍深以为憾。不过，正如俗话说"一失必有一得"，随之靠着老友何立民的带门引路，倒是让我在中华街某间二手古物店意外搜得近代"花莲音乐之父"郭子究于1972年灌录发行，基督教救世传播协会"天韵歌声"混声合唱团（台湾第一支全职的基督徒合唱团）所演唱的《郭子究合唱曲集》黑胶唱片。

"春朝一去花乱飞，又是佳节人不归……思归期，忆归期，往事多少尽在春闺梦里。"每回顺着中山路往建国路的方向走，

微微斑驳的"时光"木制招牌　　　电影海报《二手书之恋》令人联想阅读时光的好处
诉说着岁月的痕迹

走进这家名唤"时光"的书店，脑海中总不自觉萦绕着郭子究这阕《回忆》的曲盘歌声，它从日式老屋内斑驳质朴的木制课桌椅、靛蓝的窗条之间汩汩流出。在昏黄微醺的灯光下，伴随着那一缕复古怀旧的气息回荡其间，让人仿佛感觉时光倒流，坠入了遥远的岁月里。

约莫 2006 年，我初次造访了邻近林森路与建国路巷弄交会处的"时光"——以连续两幢日式木造平房打通的著名书店。拉开淡橘色吱吱作响的老旧木门，入内即见柜台（兼吧台），后方墙上贴着一张《二手书之恋》电影海报，平台架上饶富特色的文

邂逅午后那一点点惬意，就在时光二手书店

学书籍随兴摆放，错落有致，还有靠窗边摆放的古早台灯和书桌、温暖的老式沙发椅，留言簿上满满都是过往旅人书写的每个当下回忆的涂鸦，当然更少不了终日慵懒卖萌的店猫 Woody 与店狗小黑。这一切的一切，至今大抵也都没什么变动，多年来似乎就只是一直保持着它原本的样貌。

　　或许，这些年时光书店唯一最大的改变，即是书店女主人之一的吴宛霖选择走入婚姻、退出经营，再加上前三年业绩不理想，因此决定把开书店的梦想留下来给昔日一起在花莲长大，曾共同在大爱电视台工作的同侪好友秀宁接手。

时光二手书店主人对于流浪动物的关爱之情，每每呈现在店内许多让人会心一笑的小物件当中

从时光二手书店到时光 1939

某日午后在时光书店内闲聊时，我不经意地问起书店女主人秀宁当初为何能够执着于独自将书店持续经营下去。"就觉得很不甘心啊，"只记得那时秀宁语带爽朗地说，"我认为首先是我们自己还不够努力，然后整个书店未来的面貌我都还没有把它弄起来、做到我理想中的样子，仗还没有打完啊！"

于是乎，尽管曾经受挫，她却仍毅然选择"坚持到底"。在这份信念鼓舞下，秀宁开始重新调整书店本身的营运方式与策略，比如首先将架上所有的书做整理，再来淘汰掉某些不适合书店属性的书，让收书与卖书之间经常保持流通平衡。果然过了一两个月，业绩终于慢慢回升起来。对此，她表示其最直接的关键就在让店员随时勤于"擦书、上书"，这样子书才会一直流动，业绩才会提高。"所以说，要当一个二手书店的店员，她最喜欢的工作应该是擦书才对。"秀宁如是说道。

之后，随着时光二手书店的营运收益日趋稳定、盛名渐开，连带亦使得外地观光客与背包客愈来愈多，相对在店内看书找书时，便愈常听见他人相机不停地按着快门的声音，形成了一种违和而奇妙的书店景致。

日子很快过去，来到时光书店开张第十年（2013），经老友何立民来信得知，温柔而坚毅的书店女主人秀宁又再开设了一

间分店。（果真是勇气十足啊！）自诩这辈子"打算一直卖书卖到 80 岁"的她把花莲市民国路上一幢拥有 70 多年历史、屋前留着一片宽阔庭院的日式平房承租下来，并重新打造，名曰"时光1939"，于 3 月初正式开幕。除了维持原有二手书生意之外，更引进了专业主厨开发的早午餐蔬食料理、花茶、咖啡，以此为重点，也兼卖一些在地手工艺人的手作杂货。

　　除此之外，更令我深感钦佩的是，大致上店主秀宁希望能够不仰赖补助而达到自给自足、独立经营，为此大开大合地规划了一系列前所未见、饶富特色的艺文活动。其中包括首开风气之先的"藏书票工作坊"，另有开幕期间连续 10 晚找来 10 位演讲者分别来谈不同主题的"阅读多样性"十连发讲座，以及时光1939

花莲时光 1939 入口景象

时光 1939 宛如开启了一扇阅读的书窗

宁静的午后，来趟时光 1939 边享用下午茶边看书，便是一种平淡而温暖的幸福

初次采用讲堂形式（套票收费）开办的系列专题演讲。

"开书店"需要一种细腻的感觉，其实"逛书店"也不例外。

尽管时间宛如流水般一去不返，且观当前的书店面貌与经营形式也总是不断地发生变化，有些恒常的记忆和温度却能长远存在、历久弥新，弥漫着浓厚的怀旧味道，一如书页上的折痕或字迹。所幸，我们在花莲还能保有像旧书铺子、时光二手书店以及时光 1939 这样的地方，借由书店结合老房子的复旧维新，不唯让人沉浸在岁月恬静的木造氛围里，更使得这处位居山海一隅的城市不会很快地失忆。

2013 年 5 月，笔者应邀来到花莲时光 1939 开讲，以"聆听黑胶时代：从台湾歌谣看城市文化"为系列专题，连续两个周末夜晚时段共讲演四场，并于会后与昔日号称花莲旧书市"铁三角"的三位店主合影。

照片由左至右依序为中古书摊的刘月华、笔者本人、时光二手书店女主人吴秀宁、旧书铺子店主张学仁。

书街岁月：重庆南路

记忆中，我第一条认识的台北街道就是重庆南路。

蓦然回首、岁月如歌，迄今已有十多年的时间似乎不曾在重庆南路买过书了。这对于平时热衷逛书店买书、堪称日人河村彻（1934 年"台湾爱书会"创始成员）笔下形容"中毒极深的'搜书狂'"如我而言，可说是令人不禁颇为失落且感伤的一件事。

想当年就读高中时，总要从中永和地区搭 243 路公交车上台北，来到省立博物馆前的站牌，接着换乘通往信义路师大附中的

20 世纪 70 年代中期，重庆南路书店街风貌（翻拍自 1976 年台湾《出版年鉴》）

班车。等傍晚 5 点下了课，偶尔趁回程并不赶忙着回家的空档，往往就会顺路走去一旁的重庆南路瞎逛闲晃。乍见街上满满的书店，想象着能够待在里面贪婪地翻阅各种书籍，竟让我的眼睛顿时亮了起来。

彼时按我个人习惯，大多由位在新公园西面入口出来的第一个十字路口，即衡阳路口的金石堂开始逛起，沿着重庆南路人潮明显较多的"阳面"街边往北走，依序经过天龙、世界、东华、建宏、黎明和三民书局等书店，骑楼下的书报摊栉比鳞次（早期据说在这些小书摊柜底下往往藏着只有熟客才会询问的杂志和李敖的禁书，而"警备总司令部"恰好也距离附近的"北一女"并不太远），之后穿越汉口街，便见一整幢四层楼三角窗建筑，是自 20 世纪 80 年代以降作为重庆南路地标的台湾商务印书馆。

还记得那些年头的高中校园内，身边有不少年轻的女同事几乎都曾读过一本叫作《未央歌》的书。据称它一度风靡台湾校园，从 20 世纪 60 年代到 90 年代持续畅销不辍，甚至创下（50 版）50 万本的佳绩。而这部超级畅销书（也是长销书）的出版者，即是台湾商务印书馆这家百年老店。

城内，最美丽的书街风景

"在平凡无奇的人世间，给我一点温柔和喜悦……你知道你

在寻找一种永远，经过这几年的岁月，我几乎忘了曾有这样的甜美……"每当我心有戚戚焉，不经意从书店街口远眺北面那一端的大屯山时，脑海深处总会恍然浮现当年黄舒骏取材自鹿桥著名小说《未央歌》谱成的这首歌曲。正所谓"世事无永远，青春多短暂"，假使有一天这里的书店终究是要离去，那么昔日这些徘徊于一道道书架书摊之间带有点酸、有点甜的青涩回忆或许也将随之飘散。

话说 20 世纪早期隶属台北"本町"，因当时施行"市区改正"计划而留下一整排欧式古典建筑风格的重庆南路书店街，可说是台湾战后初期绝无仅有的一条汇聚了当代出版业及书店文化精髓的美丽街道。而当时让人印象最深刻、最美丽的一家书店，无疑应属位居台北城内当年最热闹的本町通（今重庆南路一段）

20 世纪 60 年代初期，台北重庆南路与衡阳路口（照片右方拱廊建物即现今金石堂书店所在，远方可清楚眺望北面的大屯山）

及荣町通（今衡阳路）交叉路口，有着"后期文艺复兴式"（the post-Renaissance）风格的古典三层楼红砖建筑——气派恢宏的东方出版社[1]（其前身为 20 世纪早期全台湾最大的书店"新高堂"，1980 年被拆除，改建为钢筋水泥八层楼高的东方大楼）。

昔日这家书店不仅外观美丽，同时更是伴随着我们这一辈台北人在童年岁月中共同成长的书香宝窟。回想小时候经常翻读的黄皮版《怪盗亚森罗苹》《福尔摩斯探案》《中国历史通俗小说》《世界伟人传记》等少年读物几乎都是东方出版社的书，此外每当有家长要到附近城中市场采买时，也总会把小孩安置在东方出版社二楼童书区看书。大伙原本站着翻看，可站久了脚会酸，于

20 世纪 70 年代台湾最美丽的书店：东方出版社旧门市大楼

---

[1] 编注：台湾东方出版社成立于 1945 年。时任台北市市长的游弥坚携手林呈禄、范寿庚等人共同创办台湾东方出版社股份有限公司，积极推行语文教育，推动了台湾儿童出版业的发展。与北京东方出版社没有关系。

是就用蹲的，但蹲久了脚麻，最后就干脆厚脸皮坐在地板上，甚至后来店里还安置了板凳，简直就像舒适的图书馆一样。大概几年下来在这里所看的书早就比买书数量要多出好几倍，据说咱那一代有许多人的阅读嗜好便是如此养成的。

至于对面（衡阳路 19 号）转角的金石堂书店，则是一栋九开间三层楼街屋建筑，系厚实的石材累叠砌筑而成。正面入口有优美的石拱骑楼，那是日据时期引领岛内欧化风潮的日本建筑师为这条街上所带来的巴洛克式的古典优雅。

从一家书店的"造字工程"谈起

1966 年，彼时甫从美国来台担任大学建筑系客座教授的费利克斯·塔迪奥（Felix Tardio）因对台北城内古厝风景深感着迷，遂以手中画笔勾勒出一幅幅翔实而迷人的钢笔素描。从他早年自印出版的《塔迪奥先生看台湾》（*Mr. Tardio Draws Taiwan : Sketches of Taiwan*）集结作品中当可显见他带有强烈历史情结所描绘的《记忆重庆南路》流露出的某种浓厚情感。

风闻往昔重庆南路书店街最热闹最繁荣的时代，却也是国民党管制最严的年代。

仅就商业层面来说，那年头台湾的书店（书局）跟出版社几乎绝大多数都是混杂着做，有些书店甚至不仅卖书，同时也负责

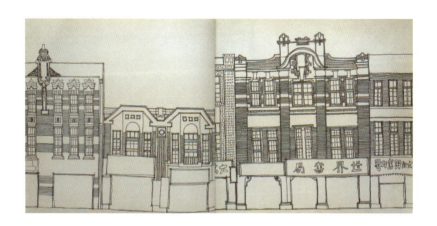

20世纪60年代美国建筑师费利克斯·塔迪奥（Felix Tardio）勾勒的素描画作——《记忆重庆南路》。翻拍自1966年《塔迪奥先生看台湾》（*Mr. Tardio Draws Taiwan : Sketches of Taiwan*）一书

出书，比如 20 世纪 60 年代衡阳路上率先出版一系列《文星丛刊》的赫赫有名的文星书店，以及致力于复刻中国传统古籍的世界书局，还有专以法律政经类教科书为出版大宗的三民书局等。

此处所言三民书局旗下出版事业版图不仅规模庞大，而且还很赚钱，迄今至少出版了各式各样的书籍丛刊总类超过 600 种。有趣的是，这家"书店"经常被误以为是党营文化单位，事实上却是不折不扣的民营企业，且与"三民主义"一点关系也没有。此乃当年（1953）创办人刘振强和其他两位伙伴共同合资创建，取"三个小民"寓意而命名。

另值得一提的是，在早期尚未有计算机排版，印制书籍主要依赖铅字捡排的环境下，三民书局为了编纂出版《大辞典》一书，竟然决意开始重铸中文铜模，自己设计字体。此一宣称"巨大而带着美丽与梦想"的所谓"造字工程"一做就是十五六年，这段时期光是铸字用的铅条据说就耗费了 70 吨，如今这些铜模和铅字都还堆放在仓库。历经了数字化变革以后，三民书局接着又创设了专属的字形研究室，截至目前声称已完成了明体、楷体、方仿宋、长仿宋黑体、小篆、简体 6 套字体共数十万字。

那么，如此毅然投下重资、单以一家书店之力独资开发的"三民字体"到底成效如何，字体好不好看？有兴趣的朋友可自行找来近年新版的《三民丛刊》一窥究竟。

挖掘自身记忆与历史的联结通道

曾几何时，我们拥有许许多多的美丽事物，包括台北城区的小河小溪，以及年岁悠久的巷弄古厝老街建筑，到最后却都讶然惊觉它们几乎全毁于咱自己的手上。（比如位在重庆南路一段18号的台湾书店旧门市大楼曾于1989年被列入"重要纪念性建筑"，但仍于1990年遭拆除改建。）

及至2013年7月，重庆南路上的金石堂书店自从（1984）开设以来似乎终于体认到这点，不仅把过去封死的老屋门窗立面打开，同时也在室内露出象征历史的红砖与钢梁。经此全面整修装潢重新开幕之后，果然呈现出它原为百年洋楼的美丽样貌。

但随着新世代的阅读生活形态改变，城市书店的空间版图自然也就跟着变化。

2013年全面整修百年洋楼建筑重新开幕的金石堂书店（城中店）

现今重庆南路书街招牌一景

遥想当年有许多老派文青从公园路买杯酸梅汁，一路漫步闲逛整条重庆南路，看书看累了还可弯进桃源街吃牛肉面或菜肉馄饨。像这样"畅闻书味满街，何假南面百城"的浪漫景象，以及自日据时期所遗留下来大批旧城区的街屋建筑，在过去 20 年间逐渐消失殆尽。如今只剩少数仅存红砖古厝牌楼立面的老旧建筑物在绿树的掩映下，依旧静静地挺立在繁华喧闹的水泥大楼夹缝中，凝视那一条消失中的台北书街，默默见证其半世纪以来的风华与沧桑。

排骨麵 牛肉麵 水餃 湯餃

打印 彩色印表 請電 廣告 佳彩 裝刷
色影
影印
字印 印刷 名片 單
慶民 231413

阿桂的店
排骨麵 牛肉麵 水餃 湯餃

重庆南路上残存的历史古厝

辑一

何故乱翻书

守护书籍的黑夜里，永远有星光

风闻 2013 年 9 月 2 日这天下午，位在台北中山南路的台北图书馆举办了一场别开生面的电影试映会，邀集全台各地图书馆馆长、馆员、图书资讯学系所师生共同观影。据说不仅于短短几小时内在线报名立即额满，观望现场更是座无虚席。而这里播放的，正是今年（2013）日本导演佐藤信介根据女作家有川浩的畅销小说改编，由冈田准一和荣仓奈奈主演的《图书馆战争》。

有川浩大胆颠覆图书馆传统形象，虚构了未来（2019）在支持《媒体良化法》的政府军攻入各大图书馆搜取禁书的时代，图书馆为了守护书籍而组成"图书馆自卫组织图书队"，与政府军爆发冲突。由此所撰写成的《图书馆战争》系列内容对喜爱日本通俗"轻小说"的读者来说，想必并不陌生。有川浩早自 2006 年起开始刊载原著小说，2008 年《图书馆战争》获颁日本科幻小说星云奖，随之更陆续被改编为电视动画及漫画连载。

作为一部结合科幻、爱情、军事要素的通俗小说，《图书馆战争》大抵聚焦于"捍卫图书自由"。故事中，高中女生笠原郁在书店里为一本等待了十年才等到续集的童话而感动落泪，却正好遇上净化特务机关例行审查。笠原宁可被当成小偷也不愿把书交出来，幸好此刻一位图书队队员（即是后来的男主角——图书队教官堂上笃）及时挺身施救，而笠原宁也在五年之后成了关东图书队的一员，从此矢志为保护人类图书文明、寻求思想自由和正义理念而战斗。

诚如《图书馆战争》所描述的统治者为了控制人民思想而销毁书籍的种种情节，回顾过去的文学发展自有其脉络。其实远在更早之前，美国作家布莱伯利（Ray Bradbury，1920—2012）就于1953年发表了科幻小说《华氏451》（*Fahrenheit 451*），书中即以"焚书"作为一种压制思想自由的"体制化"象征。

"It was a pleasure to burn"（焚烧真是一件乐事），布莱伯利在这部小说里写下了如此看似平凡却又教人惊心动魄的开场白。

顾名思义，书名《华氏451》乃意指焚烧书籍时的纸张燃点。

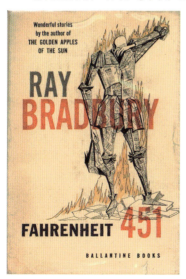

1953年《华氏451》（*Fahrenheit 451*）
初版封面
封面设计 / Joe Mugnaini

1981年吕金翰译《华氏451》的封面书影 / 照明出版社（台湾最早的中文译本）

作者设想未来的社会里，每栋建筑物都百分之百防火，小说主角盖伊·蒙泰戈（Guy Montag）身为消防员，他平日的工作职责却不是灭火，而是纵火——有目的地替反智愚民的政府机构焚烧禁书。布莱伯利形容蒙泰戈喜欢闻煤油的气味，喜欢欣赏火焰吞噬书页的场面，而他也相当热爱这份工作。直到某个深秋夜晚，他在回家路上邂逅了一名热爱阅读、对周遭世界充满好奇心的邻家女孩克拉丽斯·麦克莱伦（Clarisse MeClellan）。受她影响的蒙泰戈慢慢也对书籍产生了兴趣，甚至在后来的焚书行动中偷藏了几本书，但终究还是东窗事发。拒绝交出书本的蒙泰戈被迫踏上亡命之路，旅途中结识了同遭迫害而藏匿在森林里流浪的一群"书人"（Book People）团体，他们无书可读，只能各自选择一本喜爱的书把它默记下来。最后，钳制人们思想的社会终于走向灭亡，蒙泰戈和这群书人满怀希望走出丛林，准备用脑中记忆的书重建文明。

在这里，布莱伯利巧妙地赋予原意为"消防员"的"fireman"这个字眼另一种意涵：纵火者。事实上，当整个世界都将知识和思想视为心灵毒药时，对于那些专职从事销毁知识和压制思想的人来说，还有什么称呼比"消防员"来得更加贴切呢？

1966 年，由法国影坛新浪潮旗手特吕弗（François Truffaut）执导的同名电影正式上映，原著《华氏 451》一书内容最初根据1951 年布莱伯利发表在科幻小说杂志 Galaxy Science Fiction 的中篇作品《消防员》（The Firemen）所改写。这位蕴含奇幻想象力而文笔优美如诗的作家幼时成长于美国经济大萧条之际，由于家境因素而无缘念大学，于是自高中毕业起便开始半工半读奋力自学。他白天送报，晚上则到洛杉矶加州大学的图书馆内看书，在地下室用一部租来的打字机写小说。

1966 年法国导演特吕弗执导的《华氏 451》（*Fahrenheit 451*）的电影海报

于此，布莱伯利自陈是图书馆把他养大的，所以他希望通过《华氏 451》这部小说来表达对书的热爱与感激，且观诸历来专制政权施行"图书查禁""思想检查"之举（参照美国 20 世纪 50 年代，彼时雷厉风行的政治人物麦卡锡也正在全美各地掀起一连串查缉进步书刊的运动），布莱伯利更有一份深沉的焦虑。

职是之故，世人多将《华氏 451》理解为对审查制度的控诉，但布莱伯利本人却不以为然。他明白指称："我的批判对象既不是麦卡锡主义，也并非政府体制，而是广大群众自身耽于影视媒体贪图逸乐、不思长进的人心！"晚年的布莱伯利，对于现今无所不在的手机、网络以及高科技产品始终都抱着一份疑虑和厌恶，更说电子书"闻起来像煤油"。

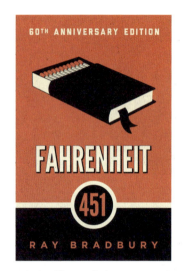

2013 年《华氏 451》(*Fahrenheit 451*)
纪念 60 周年封面设计比赛首奖作品
封面设计／马修·欧文

2012 年，适逢布莱伯利在 91 岁高龄逝世，美国最大的图书出版公司之一西蒙与舒斯特公司 (Simon & Schuster Inc.) 为庆祝翌年即将到来的《华氏 451》出版 60 周年纪念，特地举办了一场"征选书衣"的设计比赛。历经一个多月激烈评选，美国阿肯色州的年轻设计师马修·欧文 (Matthew Owen) 的作品从近 300 件参赛作品中脱颖而出。他以单纯红黑两色为基调，设计了一款从黑皮书精装书口上方拉出的火柴盒图案，赢得了首奖（1500 美元奖金），其获奖杰作也成为 2013 年该公司发行《华氏 451》最新款的纪念版封面。

对这部经典作品，布莱伯利曾说："我并没有要预言未来，我只是想要防止它（发生）。"放眼今日，愈来愈多的人不爱看严肃的新闻、深入的长篇大论和经典书籍，只爱看肤浅弱智的娱乐节目，除工作以外便是尽情享乐。掌控消费市场与媒体管道的资本家及统治者也乐得替人民做决定，筛选掉他们需用大脑费力理解的知识讯息。于是人的思想逐渐变得空洞，甚至对身边事物不再产生任何质疑或期望。环顾我们周遭的现实世界不也多有类似之处？

倘若愚昧已然成为一个时代的选择，它甚至不要权力和专制就可以成形。此时，唯有书的力量——不管身处何方，得以让我们检视自己的时代、自己的社会。

奇幻瑰丽的甜美及悲伤：
法国鬼才作家鲍里斯·维昂的泡沫人生

我让每个音符对应一种烈酒、甜烧酒或香料……强音对蛋花，弱音对冰淇淋。若要苏打水，就在高音区弹颤音……当你弹奏慢板曲时，就要用与其相符的音域，避免剂量增多，那样的话，你调配的鸡尾酒过多，所含的酒精量就太浓了。

这是已故法国鬼才作家鲍里斯·维昂（Boris Vian，1920—1959）在长篇小说《泡沫人生》（*L'Écume des jours*，另译《岁月的泡沫》《流年的飞沫》）当中描述故事主角高兰（Colin）亲手做出一架梦幻般的古董钢琴，它能根据不同音乐旋律来调配出各种口味的鸡尾酒——名曰"钢琴鸡尾酒"（Pianocktail）。

1997 年黄有德译《岁月的泡沫》的封面书影／皇冠出版社（台湾唯一的中文译本）

除此之外，这部《泡沫人生》还有更多匪夷所思、天马行空的奇幻场景，像是鳗鱼能从水龙头里游出来，冬天的水泥地面下钻出一朵双色兰花，男女主角两人约会出游时总是会有一团柔软的粉红色云朵飞过来将他们包裹在里头；而一曲优美的音乐可以把整个房间变成圆形，破碎的玻璃能够自行生长复原，和煦的太阳光芒投射在水龙头上会发出撞击声，最后掉落在地上散成一颗颗细小的珠子；还有厨房里可爱的小灰鼠会愉快地与跳跃的阳光嬉戏，也会偷偷跑到牙杯里把香皂切成棒棒糖。

展读鲍里斯·维昂笔下描摹的异想世界，可谓"万物皆有灵"。

诸如此类似真非真、光怪陆离而充满想象力的荒诞画面，其实正是小说本身最具诗意魅力之所在，一如鲍里斯·维昂在法文版书序前言指称："这部小说的具体创作，就其本义而言，基本上可以说是现实的一种折射，显现出一种被扭曲了的投影。"作者意欲透过轻盈的笔触，将梦幻与现实的分野打破，由此向我们讲述那些既美好又残酷的感情故事。

鲍里斯·维昂 27 岁那年以本名发表的《泡沫人生》这部小说巨作，因特立独行的语言风格，极尽怪异而诙谐，加诸全书不断游走于写实与超现实之间、随处可见黑色幽默桥段带来的剧情张力，被誉为"法国当代文坛第一才子书"，也是一部足以完全颠覆读者的日常想象、灵光四射的奇书。

大致上，《泡沫人生》内容以一位富有的年轻绅士高兰为主

各种不同法文版本的 *L'Écume des jours* 封面书影

轴，他在朋友的舞宴中结识了女主角克洛埃（Chloe），双方旋即一见钟情并举行了盛大婚礼。然而就在新婚蜜月旅行途中，克洛埃意外染上一种怪病：她的肺里长了一朵睡莲，令她从此卧病不起，必须时时刻刻嗅闻着怡人花香味，才能抑制病情。高兰为了解救爱人，不惜倾家荡产四处奔走求医，甚至还将心爱的鸡尾酒钢琴卖给了古董商。但克洛埃终究不敌病魔的摧残而离世，仅留下高兰伤心欲绝，于是他茶不思饭不想，一心只想等候机会杀死这朵睡莲以替爱妻复仇……

小说里，美好生命的凋零恰如泡沫易逝。事实上，鲍里斯·维昂终其一生只活了 39 岁的短暂历程亦有如泡沫般，脆弱而绚丽。

1920 年，鲍里斯·维昂出生于法国阿弗雷城（Ville-d'Avray），12 岁时感染急性风湿性关节炎，遂导致心脏主动脉瓣膜闭合不全。后来他进入巴黎中央理工学院（École Centrale Paris）就读，毕业后当了机械工程师，同时他也开始尝试写作，并担任爵士乐手（吹奏小号）。1946 年，鲍里斯·维昂以笔名"韦龙·沙利文"（Vernon Sullivan）发表小说《我唾弃你们的坟墓》（*J'irai cracher sur vos tombes*）。该作品甫一出版随即引起轩然大波。故事主要讲述一位年轻貌美的女作家为了寻求灵感而远离尘嚣，来到一处人迹罕至的森林湖畔小木屋专心创作，不料却遭到当地一伙流氓的侮辱和轮暴。受尽凌虐的女作家死里逃生，多年后她重返故地，同时以极端残暴血腥的方式对这些男人进行复仇。由于小说本身强调"以暴制暴"的情节委实过于惊世骇俗，且毫不避讳将人性最丑陋肮脏的一面赤裸裸地揭露出来，当年鲍里斯·维昂甚至为此被判短期入狱。这部作品后来还在 1978 年由美国导演兼编剧梅尔·扎奇（Meir Zarchi）翻拍成同名电影，上映以后同时遭到许多国家禁演，多年来始终争议不断，被誉为影史上最恶名昭彰的十大禁片之一。

　　鲍里斯·维昂毕生酷爱爵士小号，尽管曾有医生警告他吹小号会对心脏不利，但他仍然照吹不误。当时，鲍里斯·维昂作为法国青年爵士乐的先锋分子，白天从事木工制作、作曲、翻译、数学研究，兼写淫猥小说，晚上则固定前往地窖酒吧吹奏小号，或常流连于巴黎花神（Café de Flore）、双叟（Deux Magots）咖啡馆，与艺文界名人如萨特（Jean Paul Sartre）、西蒙·波伏娃（Simone de Beauvoir）等彻夜饮酒喝咖啡，彼此交相谈论诗歌、小说、爵士乐和哲学，一直聊到天亮。如是纵情挥霍的夜生活，很快便透支了他的生命。

　　过去，从未有一位作家的死如鲍里斯·维昂这般充满了黑色幽默和戏剧性。那是在 1959 年夏天，他在巴黎香榭丽舍旁的某家小影院里观看米歇尔·加斯特（Michel Gast）改编自他的小说《我唾弃你们的坟墓》所拍摄电影的试映会。彼时由于改编争议极大，鲍里斯·维昂带着极为不满的心情出席。他坐在黑暗的观众席间，电影一开场才没多久就突然心脏病发，待放映结束、灯光亮起，鲍里斯·维昂已然昏迷不醒，竟于奔往医院的救护车上撒手尘寰。

鲍里斯·维昂的文学作品绝大多数在他英年早逝之后才逐渐受到读者的赞赏和评论家的重视，其中小说《泡沫人生》最为经典，并曾于 1968 年与 2001 年被改编成电影。2001 年的改编电影由日本导演利重刚执导，友坂理惠饰演染上睡莲绝症的女主角克洛埃，片名叫作《睡莲》。

12 年后（2013），由法国青年导演米歇尔·贡德里（Michel Gondry）执导，灵气女星奥黛丽·塔图（Audrey Tautou）担纲主演的小说同名电影《泡沫人生》在法国上映。同年为了搭配电影风潮，向来以出版文库本为特色的法国 LGF 出版社（Livre de Poche Librairie Générale Francaise）特别精心制作了一款纪念版口袋书（livre de poche）。书名字体烫银，配以外观华丽大方的书盒装帧，随书还附有一本薄而精美的电影剧照手册。我在信鸽法国书店一见便爱上，忍不住赶紧把书给搋在怀里。封面设计则是以小说中那朵致命的睡莲为主题图像；全书仅用两种颜色——橙黄和水蓝色，映衬出那一池水中的睡莲晶莹如琥珀，清丽纯真、纤尘不染，亦仿佛小说自身所隐喻的那一轮泡沫临碎前的绚烂，却偶然被鲍里斯·维昂的文字记录下来，看得令人惊心，也教人柔肠寸断。

2013 年 *L'Écume des jours* 口袋书纪念版小说的封面书影及随附电影手册 / 吴卡密 摄影

me des jours

VRE AU FILM

BORIS VIAN

L'Écume des jours

那一天，我的灵魂已跳向你

在驾驶员的椅背上，我握住了你的手，你把手缩回了。然后那只手又回来了，放在我手上。不，那只手握住了我的手，在我手上痉挛。在那些我们不了解的控制机的声音中，在口吃的机器语言中，在破碎的字句中，你曾把大而绿的眼睛转向我。我以为我在其中读出了一个问号。我只读出了一种挑衅。我接受了。巴哈玛斯的克丽西，翡翠海的克丽西，白山上的飞机里的克丽西。那一天，我的灵魂已跳向你，我已深入你的世界，属于你的。

——马赫索，1969，《克丽西》

人生有许多的境遇就像这样，从一次偶然的邂逅开始，爱情就不知不觉发生了。始料未及的，仿佛电光石火般，它就像是一阵无法预期的飓风、一场情迷意乱的游戏。就在 20 世纪即将步入 70 年代前夕，法国当代剧作家暨小说家马赫索（Félicien Marceau，1913—2012）在他 56 岁那年（1969）写下了一部长篇小说《克丽西》（Creezy）作为表衷爱情的美丽证词。

该小说情节内容主要讲述一位前途看好的青年政治家、已有家室儿女的国会议员朱利安·丹杜（Julien Dandieu），以及另一位总是在镁光灯下婀娜多姿，平日以拍摄时尚广告为业的美丽单身女郎克丽西（Creezy），某一天在机场相遇，在飞行马达的隆隆声中，钟情一瞬，随即狂烈地相爱。其后不久，诚如马赫索借由书中男主角朱利安以第一人称口吻写道:"在那狂热的拥抱中,仍然有爱,也有相互的激怒,或是甚至有憎恨。"但花开花落,物换星移,两人之间恍恍惚惚的狂爱热恋,却在经过一连串现实生活的摩擦后无法妥协而逐渐变质。后来,男主角自身从政生涯抱负的思量,家庭的顾虑,以及爱恋关系的第三者介入而掀起的一阵妒忌狂涛,令他陷入"爱江山抑或爱美人"的两难境地。最终,不堪情感重负的克丽西竟选择以身殉情,从自宅寓所高楼一跃而下,香消玉殒。

马赫索笔下克丽西和朱利安的禁忌恋情尽管不为世俗所容,彼此高涨的情欲却也浓烈、温柔且哀伤。昔日曾以小说《克丽西》获颁当年度代表法语文学界最高荣誉"龚古尔奖"(Prix Goncourt)的马赫索,深信文学乃是这世界上唯一的真实。

作家马赫索本名路易斯·卡雷特(Louis Carette),1913 年(第一次世界大战前夕)出生于比利时,父母都是公务员,笃信天主教。翌年(1914)战争爆发,家人曾被德军占领者短暂劫持为人质。四年后烽火消弭(第一次世界大战结束),青年时期的马赫索先是在圣三一学院(Sainte-Trinité)修习法律,之后进入鲁汶大学主修哲学和文学。1936 年(23 岁)任职于比利时国家广播局(Institut National de Radiodiffusion),1939 年(26 岁)担任比利时电台的记者(直到 1942 年离职),其间适逢二战烽火再度燃起,祖国(比利时)又遭德军入侵。

　　岂料，正所谓"祸生不测，造化弄人"，及至战争结束后的翌年（1946），曾于德国占领时期军政体制下工作的马赫索，却被后来的比利时政府指控为"通敌"，且被冠以"亲纳粹"和"反犹太人"的罪名，判处15年服劳役的有期徒刑，同时还被剥夺了比利时国籍。为此，坚称不服判决的马赫索，只得被迫流亡到意大利和法国，并于1959年在戴高乐将军的庇护下入籍成为法国公民，且在定居巴黎16年后（1975）当选为法兰西学院院士。

　　早在战前岁月乃至40年代初期，与生俱有写作才华的马赫索即已多方尝试使用比利时文、意大利文及法文进行创作，也曾陆续出版了一些剧本、小说和散文。但他真正的文学志业起点却始自于巴黎：1948年率先在法国伽利玛出版社发表了小说《纳伊》（*Chasseneuil*），1951年接连出版了《骨肉皮》（*Chair et Cuir*）和《卡普里的小岛》（*Capri, petite île*）等，这些作品很快为他带来了文坛的声誉。

　　终其一生，马赫索可谓笔耕不辍，创作生涯长达50余年，著述丰硕，但却限于没有中文译本的缘故，许多读者无缘得见他的作品。其中最具代表性的小说《克丽西》，于法文原著出版获奖后的翌年（1970），便有幸由早昔旅居法国多年，长期致力于中法文学（互译）交流的知名作家胡品清（1921—2006）译为中文，并交付水牛出版社以当时风行的32开文库本首度发行，名曰《克丽西》。此乃马赫索最早于中文世界问世、迄今为止唯一在台发行的翻译作品。之后，《克丽西》于 1980 年再版，除了把开本改得略大之外，同时也易名《广告女郎》。

回溯彼时《克丽西》初问世之际，正值欧陆"新小说派"大行其道，他们力图摒弃传统写实主义的叙事手法，意欲由情节、人物、主题、时间顺序结构中解放出来，强调以简洁的意象与明快的节奏铺陈，乍看就像是用破碎的、片断的语言文字剪辑而成的蒙太奇或拼贴画，故而有着极为鲜明的影像特质（包括蒙太奇、淡出、特写等），画面感十足。果不其然，法国著名导演皮埃尔·格兰尼亚－德弗利（Pierre Granier-Deferre）慧眼独具，于 1974 年将小说《克丽西》改编拍成了电影 *La Race*

1970 年胡品清译《克丽西》的封面书影 / 水牛出版社

1980 年水牛出版社将《克丽西》易名《广告女郎》改版重新问世

147

des "seigneurs"，1976 年上映，译名《私生活》（大陆另译《激情与抱负》）。片中找来 20 世纪六七十年代素有"法国第一美男子"封号的老牌影星阿兰·德龙（Alain Delon）饰演男主角朱利安，性感女星西德尼·罗马（Sydne Rome）饰演克丽西。

　　饶富兴味的是，小说中夹有国会议员身份的已婚男主角朱利安和克丽西大搞婚外情的故事桥段虽属"老梗"（所谓"外遇"向来都是古今文学作家和影剧编导最爱描绘的题材之一），却总让人不禁想到某位资深新闻记者曾半开玩笑地影射——"几乎所有的法国男性政治家都是患有强迫症的花花公子"，就连近年历届法国总统（从密特朗、希拉克、萨科奇到奥朗德）也都是"外遇"绯闻层出不穷。而对政治人物周旋于（小三）情妇之间的风流韵事，多数法国人似乎就像看小说般，只是一笑置之。

　　果然文学小说与真实世界里的荒诞相差无几。

青春幻灭、岁月如歌：
石黑一雄小说里的音乐与乡愁

  基于历史与地理因素，台湾这块土地，因杂居、通婚、融合等现象，以及先来后到、纵横交错的缘由而变得复杂又迷人。

  于此，离散与创伤、记忆与身份，还有那混合了乡愁的孤独与失落，不单是文学与历史学界屡屡回溯、不断反刍探究的重要母题，亦为我对日裔英籍移民作家石黑一雄（1954— ）笔下小说情有独钟的个中原由之一。除此之外，我尤其偏爱他经常以音乐（包括各类古典流行歌乐与那些郁郁不得志的乐手）为背景的作品，字里行间处处都散发着一种氤氲的气息，叙事平铺、缓慢

而优雅，宛如百老汇的歌。纵使曲终人散、人去楼空，却仍不失余韵缭绕，一切就像没有发生过，只剩下那淡淡酒香和一轮朗朗明月。

回想我最早拜读过的石黑的作品，也最令一般读者广为周知的，是他在 35 岁那年（1989）荣获英国文学最高荣誉布克奖（Booker Prize）的书，即后来（1993）改编成电影搬上了大银幕，由老牌影星安东尼·霍普金斯（Anthony Hopkins）和艾玛·汤普森（Emma Thompson）主演的《长日将尽》（*The Remains of the Day*）[1]。

该小说剧情大致讲述一位英国乡间豪宅的老管家史蒂芬斯（Stevens）终其一生信守"仆以主为贵"的纪律、尊严与承诺。为了尽忠职守，史蒂芬斯极度压抑私人情感，即使在父亲中风垂危之际，他也不愿告假返乡视亲，而宁可选择"守在餐厅门口等待主人摇铃"，坚守岗位尽责到底。甚至尽管他目睹主人的异常行径事觉蹊跷，也仍丝毫不加以干涉、逾越本分。

值得玩味的是，像《长日将尽》这样一部描绘根深蒂固的主仆文化、强调"仆役工作至上"的文学作品，出版后不仅引起巨大轰动，销量逾百万册，数十年来更普遍受到当前资本主义统治阶级、大企业主与资本家的青睐，被认为是教导员工对公司（体

---

[1]　编注：电影又译《告别有情天》。

制）一辈子忠诚奉献的理想典范。比如美国最大网络书店亚马逊（Amazon）创办人杰夫·贝佐斯（Jeff Bezos）便公开声称他最喜欢的小说是石黑一雄的《长日将尽》，且至今仍将其列为亚马逊管理人员的必读书单。

第二次世界大战结束9年后出生于早昔"兰学"发源地、和洋杂处的日本长崎，6岁即随身为海洋学者的父亲远渡重洋移民英国的石黑一雄，从小在英语环境中长大、接受教育。他小时候爱看西部片和侦探小说，青少年时期疯狂迷恋甲壳虫乐队（The Beatles）和鲍勃·迪伦（Bob Dylan），也开始蓄长发、学弹吉他和写歌词，渴盼追求嬉皮士（Hippy）流行文化。高中毕业后随即出外游历，背着吉他在美国四处旅行，梦想成为莱昂纳德·科恩（Leonard Cohen）那样的歌手，甚至还做过打击乐手。后来他写了不少歌给唱片公司寄去，结果却都石沉大海。

就读大学期间，石黑一雄主修英语和哲学，却经常逃学外出，兼职做社工，在慈善机构帮忙看顾那些社会底层边缘人、无家可归者、心理疾病患者以及被遗弃的老人，听他们讲自己的故事。这些经历不仅对他投身写作这条路具有重要意义，也为他后来在小说中深入挖掘人物的心灵伤痛和生命思考提供了丰富素材。

年少时曾一心向往职业音乐生涯的石黑一雄，不禁令人联想他写于2010年的短篇小说集《小夜曲》（Nocturnes），其中一篇

《莫尔文山》（*Malvern Hills*）描述的那个蛰居于英国乡间小餐馆、平日喜欢弹唱写歌、经常背着吉他跑上山丘作曲、想象着将来有朝一日前往伦敦自组乐团发光发热的大男孩，依稀便是石黑一雄深藏于内心某部分的自我写照！

正所谓"青春幻灭，岁月如歌"，尽管石黑一雄日后并未能如愿以偿，一圆自己的音乐梦，却把听音乐、写歌词当作一种"写作的练习"，将其视为一辈子的最爱，亦成了他撰写小说人物情节里最常出现、援引的创作元素。

2002 年，英国广播公司（BBC）著名节目"荒岛唱片"（*Desert Island Discs*）邀请石黑一雄上电台进行专访。过程中，石黑一雄选了一首美国爵士乐女伶史黛西·肯特（Stacey Kent）演唱的歌 *Let Yourself Go* 作为自己放逐在荒岛上必听的音乐。之后双方经由几度会面聚餐结为好友，也促成了日后彼此进行跨界合作的契机。及至 2007 年，史黛西·肯特发行新专辑《早安幸福》（*Breakfast on the Morning Tram*），并且邀请石黑一雄特别为她捉刀写下 4 首歌的歌词。然而，平日习惯写长篇小说的石黑一雄，却在交稿时才惊觉自己的歌词写得太长。对此，史黛西·肯特表示，长篇幅的词句韵文有助于完整诠释一个人生情节或故事，反倒让她更能体会歌曲本身的演唱意境。此外，史黛西·肯特在该专辑里翻唱了一首 20 世纪 50 年代的老歌《别让我走》（*Never Let Me Go*），石黑一雄亦以之为名，写下了一部关于爱与牺牲、气氛悲伤而美丽的同名小说，后来还被拍成了电影。

放诸英美文学出版与阅读市场，被冠以移民身份的石黑一雄，28岁时（1982）发表了第一部长篇小说《群山淡景》（*A Pale View of Hills*），以日本战后的长崎为背景，讲述了一个在英格兰生活的日本寡妇悦子因为女儿的自杀而揭开昔日伤痛回忆的故事，自此成为英国文坛备受瞩目的新锐作家。回看当年甫出茅庐的石黑一雄在20世纪80年代迅速崛起，继而得到布克奖的《长日将尽》被改拍为电影之后声名大噪，固然缘自其一贯淡然简朴、哀而不伤的独特文风，却也往往不得不归因于某种时势之偶然。彼时西方（欧美）书市愈益对他这样具有东方族裔背景的"少数民族作家"（ethnical writer）感兴趣，石黑一雄的风格总是被形容为很日本，他笔下的小说常被当成西方研究日本历史文化的一个重要渠道。

然而，一直以来都用英文写作的他，内心却很明白：他其实并没有那么清楚地了解日本。但由于他的东方脸孔，他似乎没办法太过理直气壮地宣称自己已经是个英国人了。他小时候总是被承诺着"再过几年就会回去"，但那个记忆中的故乡早已随着时间悄然消逝。

此生犹有未竟之志：
李哲洋与巴托克

俗云：大千世界，书海茫茫。人得遇其书，抑或书得遇其人，纯粹都只是一种冥冥之中的缘分。

某日傍晚，偶然走进台大公馆胡思二手书店，无意间从架上发现了一本书龄比我还大的作品——由全音乐谱出版社于1971年首版发行的早期匈牙利音乐家巴托克（Béla Bartók）的翻译传记《巴托克》。没想到更令我惊喜的是，打开书名页一看，竟是当年译者李哲洋（1934—1990）签赠给作曲家戴洪轩（1942—1994）的签名书！

正是他，李哲洋！乍见这名字，旋即坠入遥远的时空记忆。依稀回想起高中时代初次接触古典音乐，那时的我几乎是每晚如饥似渴地从校内（师大附中）图书馆借来一期期由他主导编译的《全音音乐文摘》与《名曲解说全集》，贪看着长大。

对于我这一代，甚至于更早一辈的诸多资深乐迷而言，当年《全音音乐文摘》滋养了无以数计的爱乐种子，其影响力庶几是台湾乐界的《文星》。

提及这套《全音音乐文摘》自1971年（12月）创刊起，至1990年（1月）停刊为止（最后一期终刊号为巴托克的专集），

1971 年李哲洋译《巴托克》的封面书影 / 全音乐谱出版社

1990 年《全音音乐文摘》第 133 期（终刊号《巴托克专集》）的封面书影 / 全音乐谱出版社

《巴托克》一书扉页签名

前后出刊长达 19 年（中间曾停刊数次），共计发行 133 期，且每月皆以一位音乐家或地域乐种（如法国音乐、东欧音乐、维也纳乐派等）作为当期企划专题，内容主要包含翻译自日本、欧美音乐学者撰写的作曲家介绍与名曲解说，另外还有邀请岛内特约作者针对华人演奏家的采访报道，以及近期出版相关音乐译著书评书介等文章，堪称包罗万象、雅俗共赏。即便以今天的标准衡量，《全音音乐文摘》涵盖面向之广、内容之丰富，依然鲜有能及者，而且由于没有广告压力，更能引介大量知识性、学术性的文章。

比方在该杂志第 5 卷第 1 期（1976 年刊）当中，李哲洋即以一篇名为《漫谈黑泽隆朝与台湾山胞的音乐——研究台湾山胞音乐的第一块稳固的踏脚石》的文章首度提出重视 20 世纪早期民族音乐学者来台进行音乐调查的问题。复于 20 世纪六七十年代台湾乐坛学界大佬许常惠、史惟亮高举民族主义大旗，浩浩荡荡地进行"民歌采集运动"之初，率先投入田野调查，就像他一生所向往尊崇的巴托克那样，带着简陋的录音器材深入民间走访台湾音乐的根，并在资料不足的情况下发觉"采集运动"本身在研究方法上的诸多盲点，可谓饶有先见之明。

这位传播普及台湾音乐文化的重要推手，从小在新竹出生成长的李哲洋，少年时期经历坎坷，父母离异。16 岁那年（1949）以第 2 名的优异成绩考入省立台北师范音乐科，课余常与郭芝苑、张邦彦一起出入台北衡阳路文星书店斜对面的田园咖啡屋交流古典黑胶唱片信息，昵称"音乐三剑客"。1950 年 12 月，他的父亲李汉湖任职八堵铁路局图书管理员期间，因被指控参与明朗俱乐部而受牵连，惨遭枪决。性情耿直、无所屈挠的他，后来又因在周记上批评校长而遭学校开除，从此被列入有关单位监控的"黑名单"里，终身不得再进入体制内接受正式音乐教育，甚至被剥夺了申请留学的任何机会。于是他开始背负家计重担，独自抚养 3 位弟妹。陆续当过书店店员、台肥公司制图员，最后转任基隆三中音乐教员。尽管经济拮据，却仍矢志刻苦自学，更不惜上山下海搜购一切有关音乐理论的书籍文献，并以此为职志，土法炼钢，深入堂奥。

李哲洋阅读兴趣广泛，举凡历史学、人类学、民俗学、社会学、舞蹈志、音乐美学乃至乐器学等无一不涉猎。因为懂日文，也从日本出版界翻译了不少经典名著，诸如菅原明朗的《乐器图解》、威纳尔（Marc Vignal）的《马勒传》、鲍科莱契利耶夫（Andre Boucourechliev）的《贝多芬》、黑德勒姆（D. Headlam）的《巴托克》与赫茨菲尔德（Friedrich Herzfeld）的《西洋音乐故事》（这些书皆由日文

1971 年李哲洋译《贝多芬》的封面书影 /
全音乐谱出版社

版转译而来），卢原英了的《舞剧与古典舞蹈》，以及根据日本音乐之友社的《名曲解说全集》重新编译而成的蓝皮精装本《最新名曲解说全集》（该套书原本预计要编 24 册，后来因为主持翻译的李哲洋过世而停顿，故只出了 17 册）等，对台湾早年推广乐教的启蒙委实功不可没。

据闻年轻时的李哲洋喜欢爬山，亦经常前往山区部落采集他们的音乐，甚至一度热衷练习素描绘画，因而得以结识林丝缎（台湾美术界第一位专业人体模特），随之更与她结缡、同甘共苦。从 20 世纪 60 年代中期以降，李哲洋毅然放弃教职，一头栽进民歌采集运动浪潮中，却在音乐采集的观念上与其他领导者意见不同：许常惠主要将之视为汲取创作灵感的"素材"，史惟亮则是认为唯有绝对纯净的、不受现代文明污染的民俗音乐才具有保存价值，而忽略漠视当下已逐渐混杂、不再纯粹的民俗流行歌。这都与李哲洋所秉持、强调互动生态的民族音乐学理念格格不入。为此，他选择退出主流学界舞台，仅凭一己之力默默付出。

"当我译到第二章的时候，时时搁笔陷入沉思，"想望当年有志难伸的李哲洋到底还是隐忍不住在《巴托克》的译者后记中感叹，"尤其每当回忆到数年前，跟刘五男君一起在东部做地毯式的民歌录音之情景。这趟差一天就一个月的工作，虽然我们原先都决心做它一辈子，结果由于圈内人的猜忌与其他因素，就此告一段落。此前此后虽然自己也零零星星以自费继续进行这桩工作，奈何身为一个小教员，也只能再以业余的身份零星地做下去，哪年哪月才能够把研究成绩公布，想到这里实在寒心……"

由于李哲洋早年并没有取得外国文凭的显赫学历，多年来始终以"民间学者"身份沉潜钻研。在他 57 岁时因罹患淋巴癌病逝后，遗留下生平累积的音乐史料整整 70 大箱，其中包括《台湾音乐志》《台湾音乐词典》的研究初稿，赛夏部落音乐调查图录、采集手稿及相关文献。去世前一年，李哲洋交代助手范扬坤"要把这些资料烧掉"。所幸，这批珍贵数据最后由遗孀林丝缎决定捐给艺术学院（今台北艺术大学）。校内图书馆顶楼设置了"李哲洋纪念室"进行数字化整理与保存，静待未来有志研究台湾音乐历史的后继者善加利用。

吟咏孤独和乡愁的滋味：
赫尔曼·黑塞的《玻璃珠游戏》与我 *

　　沉浮于出世和入世之间，徘徊在理想与现实的边界上，永远有无尽的踯躅、摆荡与彷徨。

　　尤其，每当我重新翻读赫尔曼·黑塞（Hermann Hesse，1877—1962）的《悉达多》（*Siddhartha*）、《德米安》（*Demian*）、《荒原狼》（*Der Steppenwolf*）抑或《在轮下》（*Unterm Rad*），总是依稀回想起往昔那个似懂非懂的青涩年代，蛰伏在记忆中的某

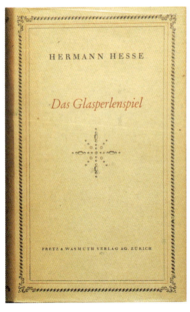

1943 年《玻璃珠游戏》初版封面书影

1972 年《玻璃珠游戏》文库本封面书影

* 编注：《玻璃珠游戏》另有译名为《玻璃球游戏》，黑塞在台湾被译为赫塞。

段旋律、某些场景。彼时无以数计、离经叛道的年轻人，纷纷在小说主人公身上找到了自己的影子。据闻20世纪60年代末曾以一曲 *Born To Be Wild* 登上美国公告牌（Billboard）排名榜的著名摇滚乐队"Steppenwolf"（荒原狼）的命名即是来自黑塞的小说。

于今，回想当初颇为罕见地，我竟能读得下如此卷帙浩繁的长篇作品——远景版厚厚一本近 500 页的《玻璃珠游戏》（*Das Glasperlenspiel*），宛如一部宏伟的交响乐，通篇用生命谱成的奏鸣主题不断围绕着道德与人性、理智及情感、社群和个体、约束与自由徘徊。书中主角约瑟夫·克涅奇（Josef Knecht）终其一生为寻找内心最终的和谐及真理而苦苦探求，总不禁勾起我在中学时代那段青春年华岁月里几度挣扎、迷茫而烦躁的日子的回忆，有些苦涩，却又耐人寻味。此亦为黑塞晚年发表的最后一部长篇压卷之作。

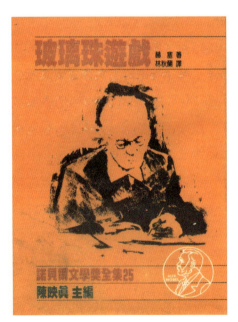

1983 年林秋兰译《玻璃珠游戏》的封面书影 / 远景出版社

比起黑塞其他许多较为一般读者大众熟悉的短篇作品，这部内容几乎包罗万象，作者试图将西方文明和东方文明的意象和情思熔铸于一炉（譬如书中尝以中国的古琴曲《高山流水》和巴赫的管风琴赋格并列在一起类比出某些共同点）。具有多重隐喻意涵的《玻璃珠游戏》并不是一本很容易上手的小说，但于我而言，却是一见倾心。

从初识到喜爱，从迷茫到觉醒，阅读《玻璃珠游戏》这部小说便是一种对灵魂进行洗礼和净化的过程，那种直抵人心深处震撼的感受着实难以形容。还记得一开始与它相遇，是在高二那年，正逢"六一二大限"[1]，某个周末课后的下午偶然走逛台北重庆南路某家书店大清仓特卖时所入手的。远景出版社林秋兰译本，封面乃是一幅以温暖的深橘色为背景、画家吴耀忠手绘黑塞姿容的素描画像。随之，经过多年以后，我陆陆续续又在胡思、茉莉二手书店找到其他各种版本的《玻璃珠游戏》，包括志文出版社"新潮丛书"的徐进夫译本、国家书店的萧竹译本，乃至早期较为罕见的台湾商务印书馆王家鸿译本。由于实在太爱这部小说了，因此只要是我没有看过的版本，几乎完全就是随看随收。

思及当年的我，正值狂恋痴迷于古典音乐而无法自拔，镇日如饥似渴地泡在师大附中校园图书馆里，一本又一本追读着李哲洋主编的《全音音乐文摘》和《名曲解说全集》，西班牙 Plaza & Janes 公司出版的《伟大音乐之旅》系列，以及邵义强编译的《音乐家轶事》《交响曲浅释》《协奏曲欣赏》等书。通过文字与

---

[1]　自 1992 年 6 月起，台湾开始实施有关著作权的新规定，并且订下落日条款，没有经过授权的译作只能贩卖至 1994 年 6 月 12 日，是为台湾出版史上通称的"六一二大限"。

1979 年王家鸿译《玻璃珠游戏》
的封面书影 / 台湾商务印书馆

1984 年萧竹译《玻璃珠游戏》的
封面书影 / 国家书店

1986 年徐进夫译《玻
璃珠游戏》的封面书
影 / 志文出版社

声音的想象，我兀自向往着黑塞笔下《玻璃珠游戏》书中主角克涅奇自小被知识和音乐包围的幸福人生，同时渴盼在庸俗的现实生活里四处寻觅心目中难以企及、怀有完美崇高精神的乌托邦理想国"卡斯达林"（Castalia）。即使在当下不被他人理解，虽孤独亦芬芳。

黑塞长年笔耕不倦，几乎所有作品都带有浓厚的仿自传性质。自幼生长在德国西南部小城卡尔夫（Calw）的一个牧师家庭，黑塞的外祖父和父亲均曾派驻前往印度传教，通晓梵文；自家书房里尽是来自欧洲及亚洲的世界名著藏书，母亲也在印度出生，喜欢写诗和唱歌，并且在印度与黑塞的父亲结婚。由于童年时家庭环境的耳濡目染，黑塞从小就对古老绚烂的东方文明充满向往。他平日喜爱亲近绘画、文学及一切关于"美"的事物，特别钟情于古典音乐，且终其一生都极为热爱聆赏、研究和弹奏肖邦。甚至直到耄耋之龄偶然从广播电台里听到傅聪演奏的肖邦音乐之时，他还为此激动不已，特地写了一封公开信《致一位音乐家》予以盛赞。

早先于少年时期，黑塞即对传统基督教家庭及社会体制萌生了反抗意识，不喜枯燥的学校教育，曾自杀未遂。后离开学校，改习从商，陆续在机械工厂及钟表工厂做过实习生，也在图宾根大学城附近当过书店店员，并开始从事诗文创作。27 岁那年（1904）以回忆式的自传小说《乡愁》（*Peter Camenzind*）一举成名。及至 30 岁时（1907）初读德国诗人兼翻译家汉斯·贝德格

（Hans Bethge，1876—1946）依据李白等人的唐诗自由翻译编辑而成的德文诗集《中国牧笛》（*Die chinesische Flöte*），顿觉惊为天人。此后，黑塞便开始致力寻找身边所有可能搜集到的有关东方（主要是中国）流传到欧洲的古籍译著，其中包括黑塞在小说《玻璃珠游戏》篇章里经常援引的《老子》《庄子》《易经》《吕氏春秋》等。虽然黑塞本人完全不懂中文且从未到过中国，但他似乎却在那古老的文化当中找到了自己祈求的心灵故乡。

从构思到付梓问世，黑塞投入《玻璃珠游戏》的写作过程长达 12 年，其间曾经历第一次和第二次世界大战后的幻灭和绝望，甚至因表达和平主义者（Pacifist）立场而一度被视为卖国贼，被迫流亡瑞士。彼时在一片迷惘与苦闷中，黑塞认为唯有中国古老的精神文化能够拯救欧洲的灵魂，而更残酷的现实是，原本暂时脱离喧嚣尘世的桃花源，最终却仍须返回命运多舛的人间。小说结局遂以一个溺水身亡的悲剧传说戛然而止，由此象征作者自身重燃入世的殉道决心。

故而黑塞屡屡对人怀有最深沉的爱，因为众生皆苦。

骚动的灵魂无可遏止：
亨利·米勒的巨蟹与女人

常言道：狂傲不羁，离经叛道，此乃真性情也！

作家亨利·米勒（Henry Miller，1891—1980）以其自传体小说《北回归线》（*Tropic of Cancer*）主角人物的对白声称："我对生活的全部要求不外乎几本书、几场梦和几个女人。"他的作品往往能令你第一眼就能看出，这位作者热衷描写纵情声色的疯魔程度，极为狂妄放纵、糜烂下流，却又如此简单真实、趣味横生。观诸他笔下那些混吃混喝的主人公，不仅讲起话来无所顾忌，书中桥段更随处充斥着宛如酒后梦呓般的污言秽语，以及各式各样匪夷所思、撩得人脸红心跳气喘吁吁的露骨性爱场景。然而在我心中，却也还没有人能够像他疯得这般率真、坦荡，毫不做作。

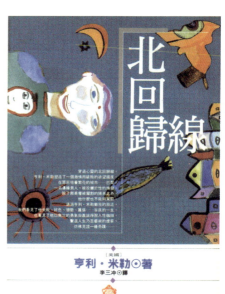

"我必须承认在我开

1992 年李冲三译《北回归线》的封面书影 / 时报出版社

始写作生涯以前的日子里，读书既是最能给与感官刺激又是最有伤害的消遣。回忆过去，对我来说，似乎读书只是一种迷幻剂，一开始很刺激，然后就令人沮丧，令人麻木……"回想多年前我初读亨利·米勒的《我一生中的书》自叙其生平书缘的这段话，他于字里行间强烈透露出那份非比寻常地拥抱欲望、毅然抛开一切世俗伪装的"反叛的激情"，至今仍深深吸引着我。

·

自诩为"流氓无产阶级吟游诗人"，生命中大半辈子总离不开思考、写作以及风花雪月的亨利·米勒，自幼生长于 19 世纪末纽约布鲁克林一个德裔裁缝师移民家庭。早先他曾在纽约市立大学就读，但两个月后因无法忍受墨守成规、枯燥乏味的校园生活而自行辍学，从此只身步入社会、闯荡江湖。之后，他陆续做过码头工人、清洁工、列车乘务员、酒保、帮厨、打字员、教师、编辑等各种职业，其间饱尝生活底层之艰辛，并利用工作余暇遍读东西方诸多文学家与哲学家的经典著作，如拉伯雷、卢梭、康拉德、爱默生、D.H. 劳伦斯、陀思妥耶夫斯基、斯特林堡、尼采、兰波、老子和诺查丹玛斯（Nostradamus，16 世纪法国预言家）。除此之外，他还一度沉潜于佛教禅宗、凡·高的印象派绘画、葛饰北斋的浮世绘、古犹太苦修教派的教义、神秘学、星相学等各门博杂学问，其阅读嗜趣可谓百无禁忌，三教九流几乎无所不涉猎。

后来有一天，亨利·米勒邂逅了一名女子琼（June Edith Smith，米勒的第二任太太），并在她的鼓励下辞去工作，同时开始了自己的职业写作生涯，却也因此让日常生活陷入贫困。1930
年，亨利·米勒 39 岁，几年下来面临写作瓶颈却始终一筹莫展，
遂决定远离美国前往巴黎找寻灵感。

　　回溯 20 世纪 30 年代的欧洲，第一次世界大战结束的烽火
硝烟才刚散去，经济危机紧接而至，环顾整个西方世界，满目疮
痍、百废待兴。在他独自浪迹巴黎的侨居期间，亨利·米勒终日
过着穷困潦倒却又放浪不羁的生活，经常一拿到妻子琼从美国寄
来的钱，便立即赶去花间柳巷找女人，然后没钱吃饭交房租。就
这样，居无定所，不时被迫露宿街头、食不果腹的流浪日子一天
天过去。此后 10 年里，他同一群不务正业的青年艺术家混在一
起，成天交谈、宴饮、嫖妓，同时还认识了一些朋友，包括日后
成为米勒情妇的法裔美籍女作家安娜伊丝（Anaïs Nin）和她的银
行家丈夫雨果（Hugh Guiler）。而着眼于彼时这些红尘男女间的
暧昧纠葛，日后约瑟夫·施特里克（Joseph Strick）与菲利普·考
夫曼（Philip Kaufman）相继拍成了电影《北回归线》（*Tropic of
Cancer*）与《情迷六月花》（*Henry & June*）。

　　及至 43 岁那年（1934），因受巴黎友伴的熏陶与情人安娜伊
丝的勉励资助，亨利·米勒发表了生平第一部长篇小说《北回
归线》，由杰克·卡汉（Jack Kahane，1887—1939）创立的尖石
碑出版社（Obelisk Press）正式出版。内容主要描述亨利·米勒
在巴黎放浪形骸的生活，几乎你从任何一页读起，全都是浓得化
不开的幻想和绝望，以及俯拾皆是极尽癫狂的做爱情节，因此被

当时卫道人士指斥为"淫书"，且遭许多英语系国家查禁。直到1961 年有出版商大胆在美国出版《北回归线》，两年内大卖 250 万本，但也掀起了冗长激烈的法律诉讼。最后米勒一方胜诉，这被视为历史上争取言论自由的一个重要里程碑。

相对来说，书被查禁，反倒愈益抑制不住人们的好奇心，故而早在 20 世纪三四十年代亨利·米勒便不乏大批读者乃至崇拜者。根据 40 年代末《纽约先驱论坛报》刊登的一则趣闻记载，一名学校教师踟蹰于巴黎街头，说她无论走到哪儿都非常高兴能够看见年轻人在读《简爱》，某天她发现有一本《简爱》被人丢弃在桌椅上，于是她把书捡起来，赫然发现夹藏在书封底下的内页文字，竟是亨利·米勒两卷本的《北回归线》与《南回归线》！

原书名 *Tropic of Cancer*，中文译为《北回归线》，实际上其小说内容根本就和这个地理坐标毫无关联，而是该以直观文意称作"癌症地带"或"癌症地区"，一如他在小说开篇写道："时间如癌，正在吞噬我们……我们一个个都要排队走向死亡的牢狱。"此处"Cancer"亦有"巨蟹"（星座）之意（据闻亨利·米勒本身就是一个痴迷于观察星象的天文学迷），乃意指其充满旺盛的精力和敏锐的洞察力，在星座学上象征曾愿意为爱牺牲一切的母性特质。

有趣的是，《北回归线》最先于巴黎问世的初版封面设计即

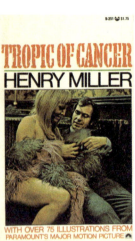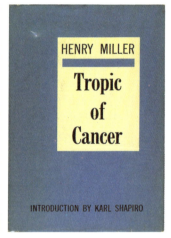

1934 年《北回归线》
（*Tropic of Cancer*） 初
版书影 / 巴黎尖石碑出
版社（Obelisk Press）

1970 年电影版《北回归线》
（*Tropic of Cancer*） 书影 / 葛
罗夫出版社（Grove Press）

1961 年美国首版《北回归线》
（*Tropic of Cancer*） 书影 / 葛罗夫
出版社（Grove Press）

以一只巨蟹用它巨大的螯爪捕获女人身体当作猎物的图像为主题，不禁令人联想到三百年前日本江户时代常以"章鱼与裸女"图画作为情欲象征的浮世绘巨匠葛饰北斋。亨利·米勒在笔记本里摘抄了这样一段话："我自己出生在巨蟹座下，因此我独立自主，在海上和陆地上都拥有大片领地。"蟹可以横行不羁，象征着自由的精神，亨利·米勒遂以此自喻："人如果不能坦然面对性，那他怎么能面对更血淋淋的自我？"终其一生肆无忌惮、粗心大意，满不在乎他人目光，好色、猥亵、嚣张，喜欢胡思乱想，他老人家就这样也活了89岁。

欲向怒海顽抗：
谈海明威与台湾

"人不是为失败而生的。一个男子汉可以被消灭，但不能被打败。"几十年来美国文豪海明威（Ernest Hemingway，1899—1961）通过他笔下最为脍炙人口的短篇小说《老人与海》（*The Old Man and the Sea*）书中主角所说的这句名言，一度让后世无以数计的读者深深动容。

该书主要描述了一名古巴老渔夫圣地亚哥（Santiago）独自出海打鱼，在一无所获地漂流八十四天之后钓到了一条无比巨大的马林鱼，历经整整两天两夜的周旋，终于把大鱼刺死，拴在船头。不料此时却遇上了鲨鱼，老人又与鲨鱼进行殊死搏斗，后来老人胜利了，用鱼叉杀死了鲨鱼，但在归途中，大鱼的肉早已被一群群的小鲨鱼吃光。尽管老人几已疲乏力尽，却仍奋战不懈……

在文学史上，《老人与海》可谓历久不衰，并于1958年首度改拍成电影，由银幕上以硬汉形象著称的美国影星斯宾塞·屈赛（Spencer Tracy）主演。值得玩味的是，那年《老人与海》电影在美国上映两个月后，彼时已届72岁高龄的蒋介石在侍从的安排下，恰好也在高雄西子湾的行馆里观看了这部影片。垂垂老矣的他眺望西子湾茫茫大海，有感于电影里海明威笔下的老渔夫"虽明知不可为却毅然挺身欲向怒海顽抗"的精神，内心不胜唏嘘。

他认为自己也该是一个斗志坚强、永不向命运低头的老人，因此对影片大加赞扬，认为它"寓意甚佳，能发人深省"，并交由蒋经国写下了一篇《生存与奋斗的启示》。文中自云，"看了海明威所写的《老人与海》，获得了很多新的、有关人的生存与奋斗的启示"，"我们应该紧握着舵柄，朝着既定的方向，乘风破浪，勇敢前进"（该文章后来收录在台湾中学语文课本第四册）。自此，台湾文化界乃赫然掀起一波讨论、介绍海明威的热潮，坊间出版社更竞相翻译其作品。

回顾过去，中文世界最早问世的海明威译本，应属1952年12月由港的中一出版社印行、署名范思平翻译的《老人与海》。此处范思平即为张爱玲笔名，据闻当年她到香港旅居期间（1952—1955），为谋生计，便写信自荐翻译美国文学，供她初试译笔之作就是海明威的《老人与海》。约莫同一时期在台湾，这部小说亦早有人着手翻译，书名曰《海上渔翁》。那是在海明威获颁诺贝尔奖的前一年（1953），由台湾高雄左营高雄炼油厂的拾穗出版社发行，译者为辛原，列为"拾穗译丛"第5种。于此观其带着浓浓古意的封面木刻图案，搭配今日早已不复见的老派书名《海上渔翁》，令人不禁联想到昔日柳宗元诗"孤舟蓑笠翁，独钓寒江雪"，烘托出老人不悲不愤、高洁无畏的坦荡心境。

随之，其中颇受读者好评的张爱玲译本《老人与海》于1972年改由香港今日世界社发行，并延请香港著名画家蔡浩泉绘制封面。因是名家译笔，加上焕然生辉的装帧插图，故而销路甚佳、

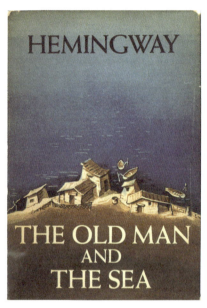

1952 年《老人与海》初版本书影

1953 年辛原译《海上渔翁》的封面书影 /
拾穗出版社
封面设计 / 张明垠

广为流传。据估计，光是《老人与海》一书，在台湾各地大大小小的坊间出版社以张爱玲译本为底稿的翻印本（盗印本）就超过20种。

众所周知，海明威一生的传奇际遇并不亚于其小说。从小即有叛逆精神、性格刚强的他，自幼便承袭了父亲热衷野外活动的兴趣，尤其喜爱狩猎、捕鱼、游泳、拳击、斗牛、旅行等。白天钓鱼打猎，晚上便去泡酒吧，大口豪饮着古巴的朗姆酒，用来刺激自己的肉体和灵魂。每当灵感来了，就站在置于书架上的打字机前写作。他曾居住的地方都留下了许多逸事，身边好友都昵称

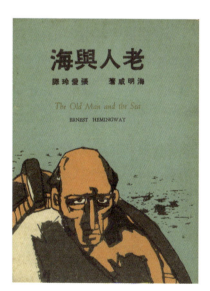

1972 年张爱玲译《老人与海》的封面书影 / 今日世界社
封面设计 / 蔡浩泉

1966 年吕津惠译《老人与海》的封面书影（此为张爱玲本所翻印）/ 高雄：大众书局
封面为斯宾塞·屈赛主演的《老人与海》电影剧照

他为"Papa"Hemingway（海老爹）。

在他 37 岁那年（1936），适逢西班牙爆发内战，举世瞩目。来自数十个国家的 3 万多名志愿者组成"国际纵队"（Brigada Internacional），相继奔赴战场，齐聚马德里，力抗以佛朗哥（Francisco Franco，1892—1975）为首的法西斯军政府。海明威亦以北美报业联盟记者身份四度前往助阵，在采访过程中与聪慧貌美的《科利尔》（Collier's）杂志特派女记者马莎（Martha Gellhorn，1908—1998）彼此滋生爱苗，后来马莎成为海明威的第三任太太。

彼时这对新婚夫妻刚在欧洲度完蜜月，旋即接受美国媒体纽约《午报》（PM）委托，于 1941 年春天前往中国采访抗日战争实况。他们由香港取径进入广东，再从桂林搭机飞往重庆。由于海明威在美国颇有名气，且和罗斯福总统夫人私交甚笃，因此受到蒋介石、宋美龄的热忱接待，共进过午餐，甚至还与共产党领袖周恩来有过秘密会面。旅途中，海明威与马莎目睹当时处在战祸下的中国社会底层人民生活之惨，像是在大街上被人遗弃的麻风病小女孩，裹小脚不良于行的难民，鸦片馆里衣不蔽体、面黄肌瘦的童工等。而相对于一般平民百姓难求温饱、物力艰难的状态，那些高官大员们日常生活之阔绰、衣着饮食之奢华，皆令他们瞠目结舌。海明威的妻子马莎日后回忆道，"The Chiangs were pumping propaganda into us, as effective as pouring water in sand"（蒋氏夫妇口若悬河地向我们做宣传，其效果就像往沙里泼水），

"All the big shots we've met don't give a damn about anything except their perk and their power"（我们所见到的大人物，除了金钱和权势外，他们对其他任何事物都毫不在意）[1]。

当初这段颇为微妙的东方经历在 2012 年美国 HBO 电视网自制电影《恋上海明威》（*Hemingway and Gellhorn*）中多有着墨。我从这部电影当中，似乎又再度领略海明威其人其文难以抗拒的魅力，这也是海明威文学之所以伟大的原因，他的小说至少不是写给那些伟人看的。我们在教科书里看到的那些伟人，几乎都是那种有着单一性格的人，而海明威一辈子却都争强好胜，性格多变。因此当他晚年屡为疾病所苦，以致未能再写出超越自己、震惊世人的作品时，最终唯有以一把猎枪结束了自己 62 岁的生命。

---

[1] 引自马莎的回忆录：Martha Gellhorn, *Travels with Myself and Another: A Memoir*, NY: Jeremy P. Tarcher/Putman, 2001。

凝望岁月青春，我们依然孤寂

青春就像一只容器，装满了躁动、不安。

生命如水，岁月无声，静静地流走于每个春秋冬夏，也悄悄偷走了我们的青春，改变了我们的容颜。而那些被偷走的青春、逝去的容颜，往往都藏在那些褪色的旧书和老照片里，翻过一页又一页，便是青春的往复再现。

如是，岁月总在期待中开始，在平淡中流逝，仿佛坠入时间的宿命回圈，不断循环，周而复始。有时候，我总觉得自己似乎也经常反复地做着同样的事情，犯同样的错误，就像拉丁美洲魔幻写实作家马尔克斯（Gabriel García Márquez，1927—2014）笔下的《百年孤寂》[1]（*Cien años de soledad*）。邦迪亚家族（Buendia）的人物主角关在小屋里不停地做小金鱼，然后熔掉再重新做，或是不停地编织裹尸布，或是不停地洗澡、修破门窗，或是不停地钻研难以破解的羊皮纸，如此沉湎于毫无意义的生活琐事，日复一日，年复一年。

现实生活远远比我们想的复杂，甚至荒谬，但也要去尝试。

多年以来，我读《百年孤寂》，起初看的是志文出版社杨耐

---

[1] 编注：即《百年孤独》台版译名。

冬的译本，后来偶然在书店陆续找到了远景出版社宋碧云的译本，以及大汉出版社较少见的蔡丰安翻译的《百年的孤独》，却无论怎样也读不惯（由此可见"先入为主"的偏见影响）。特别是书题的命名，虽说都是从英译本 *One Hundred Years of Solitude* 转译而来（皆非由西班牙原文直译），但远景版的《一百年的孤寂》或大汉版的《百年的孤独》两相比较，此处所云 solitude 一词，我往往偏爱翻作"孤寂"更甚于"孤独"，取其前者略有沉思之意。总而言之，志文版的译名《百年孤寂》乍见之下不仅更为简洁有力，且亦多了一份秋水伊人的浅浅韵味。

回想起昔日初读此书的悸动，那段被时光偷走的岁月青春，在那个思想不自由与知识圈封闭的大环境当下，早年在坊间市面所见各种外国文学经典译作，几乎无一例外全是未获正式授权的翻印（盗版）书。比如志文版《百年孤寂》最早的封面图案，即是取自 1982 年英国斗牛士出版社（Picador Books）英文版平装书，之后（1984）又被上海译文出版社"二十世纪外国文学丛书"沿用其版画风格作为封面，藏书者昵称为"版画本"（据说当年仍在解放军艺术学院文学院念书的莫言初读的便是此一译本）。

自幼常听外祖父母讲述民间灵异故事，大学时主修法律，不久即辍学转任记者，乃至一度因投入写作而负债累累的马尔克斯，在 55 岁那年（1982）以小说《百年孤寂》斩获诺贝尔奖，无数的赞誉及盛名旋即如潮水般涌进，复于 20 世纪 80 年代中文

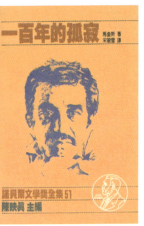

1982 年宋碧云译《一百年的孤寂》的封面书影／远景出版社

1993 年吴健恒译《百年孤独》的封面书影／云南人民出版社

1983 年蔡丰安译《百年的孤独》的封面书影／大汉出版社

1984年杨耐冬译《百年孤寂》的封面书影／志文出版社

1984年黄锦炎、沈国正、陈泉译《百年孤独》的封面书影／上海译文出版社

世界引发集体性的热潮——字里行间咆哮翻滚的拉美灵魂、充满乱伦与迷醉的幻想色彩，成了那一代文艺青年言必称"魔幻写实"的共鸣箴语。接踵而来的五花八门、千姿百态的装帧版本，无论是译名《百年孤寂》或《百年孤独》，彼时相继出现的中文译本之多足以令人眼花缭乱（据闻马尔克斯本人于1990年来访北京和上海期间，因随处可见当地书店未经授权即擅自出版的他的著作，乃愤而宣称在他有生之年决不把版权卖给这个满是盗版书籍的国家）。自从1967年第1版西班牙文《百年孤寂》单行本问世以降，数十年来不知多少读者为之魅惑而着迷，每个版本的推出都伴随着不同的图案设计与装帧纹理，予以呈现这一部经久不衰、疯狂而伟大的书。

2011 年，英国老牌出版社企鹅（Penguin Books）举办第 5 届
"企鹅设计奖"（Penguin Design Award）年度图书封面设计大赛，
其即以马尔克斯的《百年孤寂》为命题，开放邀集各新生代设计
师、艺术设计科系的在校学生投稿参加比赛。该奖项不仅为入围
者提供了价值 1000 英镑的奖金，还提供了在企鹅设计工作室实
习 6 周的机会。根据评选结果，首奖得主是一名就读英国法尔茅
斯大学（Falmouth University）的年轻人亚历山大·阿尔登
（Alexandra Allden）。其设计主要以一层白色的外书衣包裹着书，
书衣本身使用激光切割出镂空的装饰图样，形成了穿透性的视觉
效果，颇似一般家族聚餐常见的纸桌巾。观看者可从镂空图案的
缝隙中隐约窥见书封内层，象征着其小说主角邦迪亚家族面对的
未来不可知的命运。对照这漫长岁月，亦虚亦实，心却又悬浮，
让人不自觉产生一种既华丽又布满生命纹理、旁观岁月编织着百
年宿命的阅读想象。

2011 年英国企鹅设计奖（Penguin Design Award）以马尔克斯《百年孤寂》为
命题的封面设计首奖作品

那一年（2011），恰好也是马尔克斯的版权代理人终于应允将他生平多数作品授权给中国正式发行的重要日子。后来有一天，我在台北温州街明目书社初次看到了深赭红黑、封面线条斑斓似醇酒，带着精装本瑰丽书衣的简体字"正版"《百年孤独》，却总是感到有些相对隔阂的陌生感，甚至有种不太真实的感觉。于是乎，我读着原本熟悉的主人公邦迪亚变成了布恩迪亚，温柔坚毅的易家兰（Iguarán）变成了伊瓜兰，糜烂挥霍的阿克迪亚（Arcadio）变成了阿尔卡蒂奥，埋首孤寂的奥良奴（Aureliano）变成了奥雷理亚诺，纵情放浪的亚玛兰塔（Amaranta）变成了阿玛兰妲，美丽早逝的瑞米迪娥（Remedios）变成了蕾梅黛丝，故事场景的小镇马康多（Macondo）变成了马孔多。

融汇于 Buendia 家族系谱里的各色人等，这些似曾相识的名字，强盛的原始欲望，一再反复，重演着上一代的不幸，甚而逐渐步入毁灭，仿佛不断轮回的历史宿命。回到现实，也许 Macondo 什么也没发生过，如同历经白色恐怖屠杀后现在的马场町公园、老街町历史建物被拆除夷平而后重建的高楼大厦，在威权统治屡屡意图复辟的专制愚昧下，人们很快便会遗忘过去的伤痛，除了艺术与文学。尤当夜深人静之际，抚读这份日益衰败的孤独，确似有别样的味道。

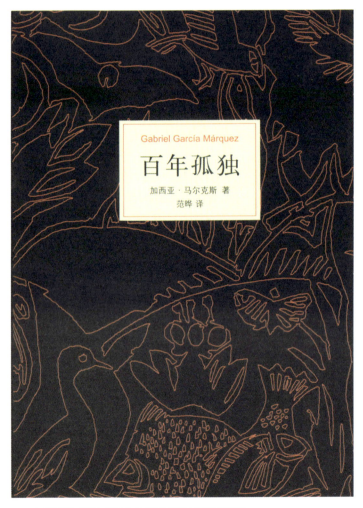

2011 年范晔译《百年孤独》的封面书影 / 新经典文化

何妨浮生尽荒唐：
读《日安·忧郁》*与少女萨冈

这是一个全面以视觉姿态塑造人格形象的媒体时代。话说"眼见为凭"，其实就是一种最不费力地去认识其他外在世界的观看方式。

值此，注重外貌原是人的天性，但凡男人女人都很难拒绝美貌诱惑，一如20世纪80年代首度以女性身份晋身法兰西学院院士的著名小说家玛格丽特·尤瑟纳尔（Marguerite Yourcenar，1903—1987）所言，"美丽的外形，于爱的情绪和感性愉悦，至关重要"。特别是在现今主流媒体影像当道的现代社会里，"美貌"同时意味着容易被窥视和消费（比方以"美女"为噱头来取悦消费大众，促使一本杂志书刊看似会更有卖点，现今我们对于这样的宣传伎俩该是不陌生的）。

放眼中国近代文坛，有曾被梁启超拟作"清水出芙蓉"、20世纪30年代北京的林徽因（1904—1955），不仅工诗文善绘画，还能设计建筑雕饰婚纱服装；出身前清遗老贵族、爱衣成痴的40年代上海张爱玲（1920—1995），尤喜爱穿着奇装异服上街并将之刊印在书册封面；70年代在台北和撒哈拉之间往来，以一袭波西米亚式宽松长裙穿戴和流苏环佩装扮揭开"流浪文

---

* 编注：大陆版译作《你好，忧愁》。

学"序幕的女作家三毛（1943—1991）。这些过去曾经引领整个时代一种新审美观的隽永女子很明白地告诉我们：所谓内在心灵与外貌姿态从来都不是绝对泾渭分明的。

一个谜样的眼神。

50 多年前，来自法国巴黎的 18 岁少女萨冈（Françoise Sagan，1935—2004）某日突发奇想，为了证明自己能够写小说赚取稿费，因而待在咖啡馆里发愤疾书，于短短 48 天内完成了一部 5 万字的小说《日安・忧郁》（Bonjour tristesse），甫一推出便广受好评，旋即获得法国"文评人奖"（Prix des Critiques），自此成了各家媒体无时无刻不在追逐的焦点。"所有和我攀谈的人都盯着我看，都想批评我，认为我是一个极没教养的孩子，"萨冈回忆，"刚成名那一两年，我不得不四处藏身。"[1] 观诸其小说封面照片上，她那双游离而神秘的深邃大眼睛里，仿佛承载了所有貌似放纵声色、挥霍青春和爱情的日子。

"La vie facile, les voitures rapides, les villas bourgeoises, le soleil, un mélange de cynisme, de sensualité, d'indifférence et d'oisiveté"（简单的生活，速度很快的车，高级的别墅，阳光，玩世不恭、轻浮、冷漠与自由奔放的结合），昔日萨冈朗朗上口的这句宣言，无疑正是她毕生赖以追求的人生乐趣和激情所在。

---

[1] 阿兰・维尔龚德莱：《萨冈：一个迷人的小魔鬼》，段慧敏译，南京：江苏人民出版社，2007，页 92。

《日安·忧郁》的作者萨冈一如她笔下的少女赛西丽（Cécile），自小生长于富裕之家，安于享乐，性情叛逆。在彼时那个蠢蠢欲动的年代，她终日出入社交场所，随心所欲地四处玩乐、饮酒狂欢，生活过得既热闹又尽兴，但内心却充满了空虚和孤寂。17 岁那年夏天，赛西丽面临父亲与旧情人即将共组新家庭所衍生的不安感与忌妒心，以及成年后必须投入理性而无趣的普通生活与道德教条的忧虑，遂伺机在男女情感上耍弄着如恶作剧般的小小心机诡计，终致引发了始料未及的遗憾，以及如潮涌般的忧伤……

回溯 20 世纪 70 年代台湾早期译介的萨冈文学，主要包括业已绝版多年、由胡品清（1921—2006）翻译的《心灵守护者》（志文"新潮文库"）、散文集《带着我最美的回忆》，以及大地出版社李牧华（1923—2005）翻译的《日安·忧郁》《飘荡的晚霞》《奇妙的云》《没有影子的》《微笑》等小说代表作，乃至 30 多年后再度掀起萨冈复古热的麦田书系（2009 年重新翻译出版），其封面设计皆不脱以作家本人形貌轮廓为本，便知萨冈每每不经意流露出来的忧伤神采早已幻化成为世人眼中无可替代的视觉印记。

据闻当年翻译萨冈作品最多的译者李牧华，早期经常也在报章杂志发表小说，尤以文字清丽、笔调脱俗流畅见长。当时他已有一个三口之家，须得为谋家计之资而勤于笔耕。后来有朋友劝他去搞翻译，于是他决意遍览外文书刊，潜心钻研，废寝忘食，

1976 年胡品清译《心灵守护者》的封面
书影 / 台北：志文出版社

1976 年李牧华译萨冈《日安·忧郁》的
封面书影 / 台北：大地出版社

未及数年即有不少名作译著陆续出版，成果甚丰。他所翻译的 5
部萨冈短篇小说集，篇篇语言隽永雅洁，达意传神，堪称上品，
复于港台等地一版再版。此处饶富兴味的是，除了纯文学之外，
有时应友人之邀，李牧华也译过《美容手册》《漫画与素描》《绘
画初步》等杂书。曾经一位朋友问他："你不是翻译文学作品吗，
怎么搞起《美容手册》来了呢？"他风趣地答道："文学的目的，
在美化人的灵魂；《美容手册》的目的，在美化一个女孩子的脸。
美化女孩子的脸，要比美化人的灵魂实惠些。"

言归正传，作为法国人心目中永远的天才少女作家，萨冈一
生起伏不定的现实生活当真要比任何电影和小说都还有戏剧性。
天性浪漫不羁的她，曾两度结婚又离婚，一辈子恣意纵情，率性

而为，且经常沉溺于烟酒、毒品、情欲、赌博以及自杀式的快车。镁光灯前，她总是以一副漫不经心、不表露任何期待也无惧于任何世俗眼光的慵懒姿态现身：凌乱的短发、纤细的身子、清瘦的脸、深陷的眼睛、游离的眼神。兴许只能归诸这世界不可思议的奇妙造化。我着实深感惊讶于前些年（2008）黛安娜·克里斯（Diane Kurys）执导的同名传记电影《萨冈》(*Sagan*)中担纲女主角的法国演员西尔维·泰斯蒂（Sylvie Testud），她的样貌表情与本尊实在太过相似。

多年以来，萨冈被无数仰慕者昵称为"Le charmant petit monstre"（迷人的小魔鬼），人们从一开始只是迷恋她的长相与放纵姿态，继而融入她文字当中。她独具风格的语体趣味辗转淬炼成为一则全新的法语专用形容词"saganesque"（萨冈式的），意指怀旧的和奇特的。所谓"萨冈式的忧愁"即代表了一种前所未有展现优雅与叛逆的时代精神。如今提起法国文学，人们总会记得当年曾经有过这么一名文坛奇女子。

诚如弗朗索瓦丝·萨冈抑或玛格丽特·杜拉斯，谁说她们不是都站在世界的边缘，以一种深切和危险的姿态密切关注着芸芸众生？

从海洋到宇宙：
凡尔纳的奇幻历险

每个人都拥有做梦的权利、想象的自由。

回溯孩提时代，你我或许都曾经做过这样类似的梦：天马行空地幻想着搭乘奇异的飞行机器遨游天际、前往一处未知的世界探险，甚至去到外层空间的另一颗星球发现文明，且与外星人展开一场又一场光怪陆离的大冒险……

无独有偶，2011 年，好莱坞知名导演马丁·斯科塞斯（Martin Scorsese）根据美国作家布莱恩·塞尔兹尼克（Brian Selznick）的儿童科幻小说《造梦的雨果》（*The Invention of Hugo Cabret*）改编拍摄了《雨果的冒险》（*Hugo*），片中即以人类乘坐一枚炮弹来到月球探险的电影画面作为故事起源的线索。此处最令人印象深刻的，莫过于影片一开场的那枚炮弹正巧不偏不倚扎进了月球的右眼，拟人化的月球表情顿时一脸忧郁。后来这些人物主角还在月球上遇见了当地的国王并遭到攻击和驱赶。这些情节相当鲜明地带有一种卡通式的童真趣味。整个场景布置与演员动作虽有些简陋粗糙，却很直接地传达出某种戏剧张力，一幕幕更迭，像是在现场看舞台剧般。马丁·斯科塞斯借此欲向 100 多年前自导自演、挖空心思制作了这部影史上第一部科幻冒险片《月球旅行记》（*Le voyage dans la lune*）的法国影坛祖师爷乔治·梅里爱（Georges Méliès）致敬。

"If you've ever wondered where your dream come from , you look around , this is where they're made !"（如果你曾好奇你的梦从何而来，看看你的周围，它们就在这儿诞生啊！）马丁·斯科塞斯执导镜头下充满梦想的乔治·梅里爱，在电影工厂里对着来参观拍摄过程的小孩如是说道。

从《雨果的冒险》到《月球旅行记》，看似单纯的（奇幻）冒险情节却包含（影射）多段电影中的经典，并且牵连出通俗（流行）文学史的另一段传奇。

话说《月球旅行记》于 1902 年首映问世，其剧情发想乃是取材自 19 世纪末法国作家儒勒·凡尔纳（Jules Verne，1828—1905）的科幻小说原著《从地球到月球》（*De la Terre à la Lune*）。

及至 20 世纪初叶，彼时负笈留日的鲁迅开始思考如何以所谓的"科学小说"作为传播工具启迪民智，因此参酌井上勤的日译本《地球から月へ》将其译为章回体文言文，名曰《月界旅行》，于 1903 年由日本东京进化社出版，之后又在 1906 年陆续译了凡尔纳的《地底旅行》（*Voyage au centre de la Terre*）。而约莫同一时期（1902），梁启超创办于日本东京的《新小说》杂志亦刊出了《海底旅行》这篇凡尔纳的作品，成为将科幻类型小说最早译介引进华文世界的先行者。

由于生平从事写作将近半世纪之久，共著有 60 余部科幻小说并获得了巨大声誉，因而被大批死忠读者尊为"科幻小说之父"的凡尔纳，自幼生长于法国南特（Nantes）——一座大西洋岸的海港城市。童年时期常见到林立的樯桅、繁忙的舟楫，以及热闹的码头，而其家族成员也不乏海员和船主，凡尔纳从小就孕育了幻想的羽翼，终其一生热爱旅游、流浪，且对航海产生了浓厚兴趣，乃至兴起了投身探索大自然奥秘的强烈欲望。

20 岁时（1848），凡尔纳离开故乡南特，前往巴黎学习法律，但他内心却对于戏剧创作怀抱梦想，并期许自己能够在剧场界扬名立万。凡尔纳在寄寓巴黎求学、生活的这段时间，由于拒绝了父亲希望他将来从事法律工作的要求，致使家中给他的津贴顿时断绝，平常日子过得极为拮据。因此他得兼差替人补习、去公证人事务所当文书，甚至还在剧院里找了一个秘书的职位；不过，另一方面他也经常上国家图书馆看书自修。对各门学科求知若渴的他，系统性地大量阅读了地理、数学、物理、化学等相关领域书籍，为他日后撰写科学小说打下了基础。

如是，经过多年沉潜、岁月熬炼，34 岁的他（1862）遇到了出版商埃策尔（Pierre-Jules Hetzel，1814—1887）。两人一拍即合，随之共同合作推出了"奇异旅行"（Voyages extraordinaires）系列故事，其中尤以著名的三部曲《格兰特船长的女儿》（*Les Enfants du capitaine Grant*, 1868）、《海底两万里》（*Vingt mille lieues sous les mers*, 1870）、《神秘岛》（*L'Île mystérieuse*, 1875），以及《环游

世界八十天》（*Le Tour du monde en quatre-vingts jours*, 1872） 等作品最广为人知。自此而后的40年间，凡尔纳的作品俨然成了全球畅销书排行榜的常客[1]。

相对的，在台湾凡尔纳的小说通常被归类于青少年儿童文学（而非纯文学创作），其译作的传布大多由原著内容加以改写。还记得高中时代几乎每周都会去逛重庆南路书店街，对他的印象

1870年《海底两万里》（*Vingt mille lieues sous les mers*）法文原版封面书影

较深的是《海底两万里》。当时初次读到的是志文出版社"新潮少年文库"丛书改写的简译本。另外，大抵同一时期我也在其他坊间书店陆续看到台湾东方出版社等不同版本的《海底历险记》，以及好时年出版社的《海底之旅》，作者分别署名朱勒·韦尔、维尼以及范那，后来经过了好些日子，才知道原来这些其实都是来自同一原著、同一作者。

近10年来我染上了逛二手书店淘书的癖好，不久前才又在

[1] 据联合国教科文组织的数据，凡尔纳是世界上被翻译的作品第二多的名家，仅次于英国侦探推理小说女王阿加莎·克里斯蒂（Agatha Christie, 1890—1976），位于莎士比亚之上。联合国教科文组织最近的统计显示，全世界范围内，凡尔纳作品的译本已累计超过4700种，他也是2011年世界上作品被翻译次数最多的法语作家。在法国，2005年被定为凡尔纳年，以纪念他百年忌辰。

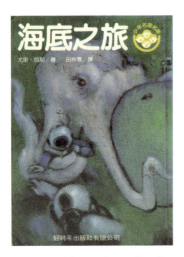

1984 年吕秋惠译、尤里·范那著《海底之旅》的封面书影 / 好时年出版社

1993 年萧逢年改写、朱尔·凡尔纳著《海底两万里》的封面书影 / 志文出版社

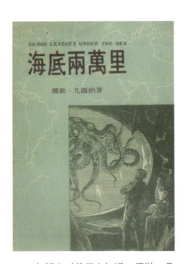

1973 年解人（曾觉之）译、儒勒·凡尔纳著《海底两万里》的封面书影 / 香港中流出版社

1994 年管家琪改写、朱勒·韦尔纳著《海底历险记》的封面书影 / 东方出版社

台北龙泉街旧香居发现了另一部更早期的全译本，这是 1973 年由香港中流出版社发行、署名"解人"翻译的《海底两万里》[1]。此处"解人"即是早年"勤工俭学"运动期间赴法留学、后来担任北大教授的曾觉之（1901—1982）的笔名。观其译文辞采华美，迥异于晚近版本的通俗腔调，宛若行云流水般，颇有民初一代文人的老派优雅。

在凡尔纳的小说里，那些主人公们几乎无一例外都感染了一股浓厚的浪漫进取色彩。其源于早年有限的科技知识所展开的奇幻异想，徘徊于已知和未知之间、如真似假，却不可思议而精准地预见了科学的未来，甚至还成了法国顶级珠宝品牌"梵克雅宝"（Van Cleef & Arpels）的灵感来源。而他的知识涵养与想象力毋宁更令人为之悚惧，仿佛便是海洋本身，沉静又暴烈。

---

[1] 此一译本亦即翻印自 1961 年北京中国青年出版社发行、曾觉之翻译的《海底两万里》。

绝版书的死与生：
波德莱尔《恶之华》中译本拾掇

1985 年莫渝译《恶之华》的封面书影 /　　1977 年杜国清译《恶之华》的封面书影 /
志文出版社　　　　　　　　　　　　　　　纯文学出版社

　　如今民主时代人人皆享保障个人生存的权利自由，倘若书本有灵，当它们长年致力于知识流通却早已在市面上绝版之际，理应亦有捍卫自身存在重新出版面世的"图书赋权"（Book Empowerment）。

　　但是，就算再怎么完善的制度规范，一旦落实到执行面上难免都会产生差距。针对某些总让爱书人望眼欲穿却苦思不得的绝版书，出版商往往基于市场考虑、歇业转让或因著作权等复杂问题而难以再版。

观望现今台湾旧书拍卖市场景况，"它"在众多爱书人眼中的经典地位可说是毋庸置疑，虽然未能如夏宇《备忘录》或周梦蝶《孤独国》那般让众多收藏家竞搜争抢厮杀激烈的非凡魅力，却也绝对称得上是相当"可遇而不可求"的罕见珍品。就在 100 多年前，"它"生来际遇坎坷，问世时被视为不值一顾，可在其绝版之后，却也没有任何书能够比"它"赢得更多荣耀桂冠。

"它"，就是 19 世纪法国诗人波德莱尔（Charles Baudelaire，1821—1867）生平唯一诗歌代表作《恶之华》（*Les Fleurs du Mal*）。仅仅凭此部内容不到 300 页的小书，作者便足以名垂不朽且超越所有同代文人作家，就连日本小说家芥川龙之介（1892—1927）也为之倾倒自叹："人生不如波德莱尔的一行诗。"

据知，法国最早初版《恶之华》（1857）首度刊行平装本 1300 册，精装本 20 册。雨果（Victor Hugo, 1802—1885）谓之"灼热闪烁，犹如众星"的这本书，替欧洲文坛带来新的战栗，却也因此引起了当时巴黎社会极大震撼。由于该诗篇内容极尽诡谲华丽，腐尸、地狱、吸血鬼、死亡、性欲、毒品、醇酒、恶德等幽暗形象充塞其间，随处可见，部分文字似乎颇不适合少年与蒙昧者诵读，但明智的读者却能从这诗里得到真正稀有的力量，甚而为此欲罢不能。

当年法兰西帝国法庭曾以"有伤风化罪"和"亵渎宗教罪"对波德莱尔进行起诉，宣布将《恶之华》纳入查禁图书之列。作者奉令删除其中 6 首，并被易科罚金 300 法郎，还因此落得了"恶魔诗人"之讥。但让许多后世古书收藏家钦羡的是，1857 年第 1 版《恶之华》由波德莱尔友人梅尼埃（Charles Meunier）手工定制出的那批精装本。这个版本仅限量 20 部，多色皮革镶嵌封面，善用花纹装饰作为图像语言，恣意绽放着花一般的罪恶，也恰如其分地表现了近代资本主义在巴黎盛开的城市文明花朵。

待《恶之华》于 1861 年再版时，除了删去的 6 首禁诗，诗人另加入《巴黎写景》（*Tableaux Parisiens*）一章，共增补了 35 首诗，遂为后世主要（翻译）参考定本。

波德莱尔，一个叫人难以忘怀的名字

波德莱尔文字里夹带的邪美之气，径由欧陆吹拂到了中国。早在 20 世纪二三十年代，《恶之华》和《巴黎的忧郁》等诸多篇章即已通过仲密、俞平伯、王独清、焦菊隐、徐志摩、梁宗岱、卞之琳、黎烈文、戴望舒等文人陆续被译介成中文。徐志摩甚至还赞扬《恶之华》收录的《腐尸》（*Une charogne*）一诗乃是"最恶亦最奇艳的一朵不朽的花"，并从英译本移译了此诗。

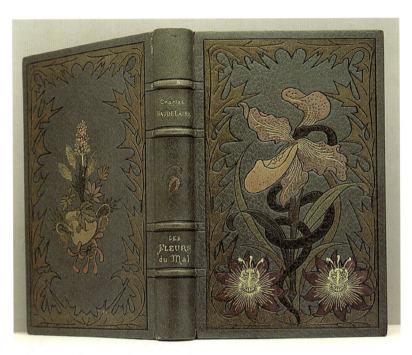

1857 年法国首版《恶之华》的封面书影 / 巴黎 Poulet-Malassis 出版社
封面装帧 / 梅尼埃

　　除了一些选集零星翻译（如戴望舒发表《恶之华掇英》）以外，完整的中文译本直到战后才出现——1977 年台湾纯文学出版社刊行的杜国清翻译《恶之华》——方真正勾勒出诗集的清晰面貌。此后不到 10 年间，由诗人作家莫渝执笔的第 2 部《恶之华》中文全译本也紧接着现身了。

　　截至目前，这两部译本在台湾读者心中皆风评其佳，不同偏爱者辄取素菜荤汤各有所好。杜国清的"纯文学版"不仅接连于 1981 年、1985 年刊行了再版和三版（2011 年台大出版中心以此译本为基底推出了增订新版），莫渝的"志文版"亦于1992年刊印再版，足见其广获图书市场青睐的长销魅力。

　　至于后来由郭宏安翻译、刊行名曰《恶之花》的第3个版本，则是来自桂林漓江出版社"化简骨为繁皮"的不折不扣的大陆译本。其一来由于此书根据1957年《恶之华》最原始版本收录的诗歌100篇译出，并不如1861年增补二版的内容齐全，二来或许是两岸汉字行文语调差异之故，因此在整体评价方面普遍不如前两者。

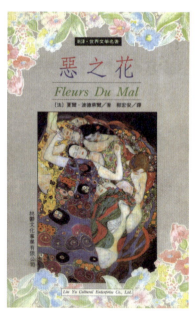

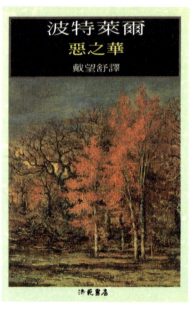

1997年郭宏安译《恶之花》的封面书影 / 林郁文化（源自1992年桂林漓江出版社简体版）

1998年戴望舒译《恶之华》（节译本）的封面书影 / 洪范出版社

但它们彼此最大的共通点是都已从台湾新书市场上销声匿迹了，近 20 年来也未曾有新译本问世。直到 2012 年年初，作家辜振丰有感于此，且在旧香居女主人及诸位书友们的鼓励下，毅然决定着手重译这部过去没有人敢挑战的诗歌经典，并采用英、法、日三种语言版本相互交叉参考翻译。于是他便开始往来埋首于书斋和书店之间，多少夜晚渴盼波德莱尔的幽魂"升灵加持"，祈与《恶之华》鬼魅般的甜蜜文字为伍。案牍劳形，寻句淘字，整整费时一年，这套全译本《恶之华》终告完稿，并于 2013 年 3 月由花神文坊同时推出 3 种版本（平装、精装、特装典藏）。另在其翻译过程中，新雨出版社截此先机，将郭宏安的旧译本进行修订，在 2012 年年底以重新装帧设计的《恶之华》先行问世。举凡各种旧译或新译，不同版本样貌的"恶之花朵"彼此争妍竞放，这段时期简直就像是波德莱尔的复活年。

请求绝版书重生的网络复刊

谈到旧书业这一行，人们尝以"书籍坟场"来描述废纸回收场纸堆书页里的陈年气息。对于这些汇聚自各地、历尽沧桑而即将被绞废遗弃的无数只字片纸来说，那是生与死的交界处，无论人、书或历史，都将在此做出最后的抉择，离别与消亡。

从绝望与沉沦当中颂扬《死的喜悦》（*Le Mort joyeux*），其初始概念正是根源自波德莱尔《恶之华》揭示的华美与腐烂共存的隐喻。由于无力改变现实的挫败而引发对人性幽暗意识的正视及省悟，诗人萌生"腐烂的身体感"，失去了动作、表情、言说能力，只能坐任肉体逐渐衰败溃尽泯灭而止，却无法对世界施加任何意志及影响。其间寄寓着一种既颓废且骄傲的现代性体验，爱恨交织、神魔共构。

　　曾几何时，回忆起台北旧香居店里悬挂过这么一张老照片：那是 19 世纪末巴黎塞纳河畔旧书摊的沧桑景致，堤岸上尘烟密布，眼前所见只有成堆去除了精美装帧表皮的册叶骨骸，一位老翁犹如参禅姿态倚坐在乱书堆旁，兀自捧读手中书册。这一整幅画面阴沉诡异又有些疏离忧伤，简直就像波德莱尔《恶之华》收录的这首《骸耕图》诗的生动写照，非常"可视化"地传达了某

巴黎塞纳河畔旧书摊 / 摄影者佚名（图片提供：旧香居）

种生命逝去、消融、衰退的空间情境。

骸耕图

盖满灰尘的河岸旧书摊，
那儿死尸般的许多书籍，
沉睡着像古代的木乃伊，
且陈放着人体解剖图版；

其中所描绘的一些图案，
老画工以其学识和毅力，
传达出了"美"的气息，
虽然它表现的主题悲惨；
在这些图版中人们看出，
使神秘的恐怖更完美的；
像农夫似的大地耕锄者，
无皮的人体筋络与骸骨。

对照时下台湾图书出版热潮，一本新书上市的营销寿命逐年缩短，往往出生未久便即将死亡。许多曾经热销一时的图书很快就得面临绝版命运，致使往后读者愈加难寻。我们如何能够完全改变这一现状呢？或者，其实我们根本无须过于强求改变？

人们对于发自内心喜爱的对象——包括人或书在内——也

许正如美国恐怖小说鬼才斯蒂芬·金（Stephen King）经典名作《宠物公墓》（*Pet Sematary*）所揭示：即使明知从墓园里重生的亲人再也不是自己熟识的那个人，却都难免克制不了渴求"亡者重生"或"绝版书再度复活"之类的私下欲望。

事实上，许多绝版书再版复刊之后往往丧失了原有老版本的风采神髓。

回归现实层面，爱书之人若想与市场商业力量相抗衡——让绝版书复刊——如今最为民主可行之道似乎唯有倚赖集体网民意志的凝聚了。譬如 2006 年日本出版业者设置的以开放网络票选请求绝版书重生的"复刊.com"网站（http://www.fukkan.com/fk/index.html）即为个中典例，读者将可从候选书目当中以投票及明信片表决方式为出版商提供再版参考。

台湾已故前辈诗人覃子豪（1921—1963）生前特别喜爱波德莱尔之诗，我尤其难忘他在 20 世纪 60 年代朱啸秋主编的《诗·散文·木刻》刊物发表的"译选恶之花"，搭配木刻作品的版面效果，真是美好绝妙。如果可能的话，要是能够让这几位文艺界前辈重生复活而编纂出全本木刻插图的《恶之华》复刊典藏版，那该会是怎样一本冠绝群伦的梦幻逸品呢？

电子科技让绝版书重见天日

有些书由于年代久远，虽然已不再受著作权法保护，属于"公共所有"（public domain），却往往因为没有商业价值而绝版，甚至经年累月被尘封在图书馆的角落无人闻问。

对此，美国搜索引擎龙头谷歌公司为了赋予这些久已无人问津的书新生命，让它们再度被世人看见，并顺遂完成其扩张全球信息产业版图的雄心壮志，从 2004 年起开始推动所谓"谷歌图书搜寻（Google Book Search）"计划。谷歌公司陆续和美国知名大学图书馆合作，将馆藏书籍全部扫描成数字档案，放在网络上供用户进行全文检索，或搜寻与检索关键词有关的片段内容。

后来谷歌公司因为没有取得著作人授权而被告上法院，使得绝大部分出版年代较近的有版权新书只能在网络上进行有限预览（限制页数，或只能看书名页与目录）。但仍叫人感到兴奋的是，过去那些原本仅能在古书店寻觅的百年原版古书，反而因为超越版权年限以至允许完全开放浏览，不仅封面、内页、空白页等一应俱全，并且还有 PDF 电子文件让读者全文下载。

仅仅看过几种《恶之华》中文译本的我从未亲炙原书的庐山真面目，因而特地上谷歌图书搜寻一番。就在键入书名按下回车的一刹那，发现 1857 年初版本的 *Les Fleurs du Mal* 赫然在列。

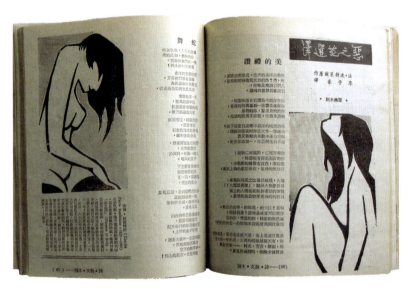

1961 年《诗·散文·木刻》季刊第 2 期 /［法］波德莱尔原作《美的礼赞》《蛇舞》
覃子豪译诗 / 杰佛木刻

这份扫描自美国密歇根大学图书馆馆藏、距今 150 多年历史的法文原版《恶之华》，就这么透过数字化和图书搜寻技术，跨越天涯海角赤裸裸地全幅展现在我的计算机屏幕前。虽然从书页背景当中无法感受纸张本身饱受时间侵蚀的颜色与气味，但整个原版编排铅字历历在目的清晰画面，已经足够让人忍不住惊呼，异常感动。

假如今年（2015）美国亚马逊公司刚上市不久的第 2 代电子阅读器 Kindle 将诗集《恶之华》纳入书目软件之列，我会希望它能够尽量看起来接近 1857 年初版本的书页质感。

言归正传，对于数字阅读现象的思索，相信绝对不单是选择电子书或纸本书形式的抽象空谈。许多论调说法固然都触及了某些重点，却可能忽略了也许是最根本的一环：如何帮助作者写出更多好书，以及如何让读者找到它们？

从绝版书在数字时代重生的角度来看，电子书的科技发明其实未必造就前卫。许多人希望用它们来模仿 18、19 世纪欧洲古书的纸张墨色，就像汽车发明之初，早期设计师总是模仿马车的样式。但话说回来，这种模仿过去的欲望，到底是实现了数字阅读工具所带来的广泛可能性，还是局限了新的阅读体验呢？

2008 年谷歌公司将美国密歇根大学图书馆藏 1857 年的初版本《恶之华》数字化

辑三

书窗的风景

宛如魔鬼在花朵上跳舞：
法国插画家艾迪·勒格朗

大抵 19 世纪以降，可说是欧洲绘画艺术全面繁荣的时代，西方文化史上占有重要地位的许多观念流派，诸如浪漫主义、现实主义、印象主义和后印象主义在这期间相继出现，且因欧洲工业与印刷技术的迅速发展，更使得当时方兴未艾的木刻画、铜版画、石版画等多样类型的艺术有了相当大程度的普及与推广。

1818 年，发明石版印刷术的捷克裔德国人阿罗依·塞尼菲尔德（Aloys Senefelder, 1771—1834）因编纂出版《石版术全书》（*Vollständiges Lehrbuch der Steindruckerei*）广受好评。翌年此书又被陆续翻译成英文和法文，再加上当时彩色石版技术的实验成功，很快引起了欧洲各国印刷业者关注。彩色石版技术无论单线平涂或粗犷笔触、单色或套色印刷，均能得到非常丰富细腻的效果。于是乎，有大批的艺术工作者开始将目光转向石版画创作，并将之运用在各类报刊图案装饰、书籍插图与宣传海报等中。

近代法国画家艾迪·勒格朗（Edy Legrand，1892—1970）即以此制作了许多非凡的文学名著插画与封面图绘。

1892 年 出 生 于 法 国 波 尔 多（Bourdeaux），本 名 爱 德华·列昂·路易斯·华沙斯基·勒格朗（Édouard Léon Louis Warschawsky Legrand）的艾迪·勒格朗最初在日内瓦（Ginevra）

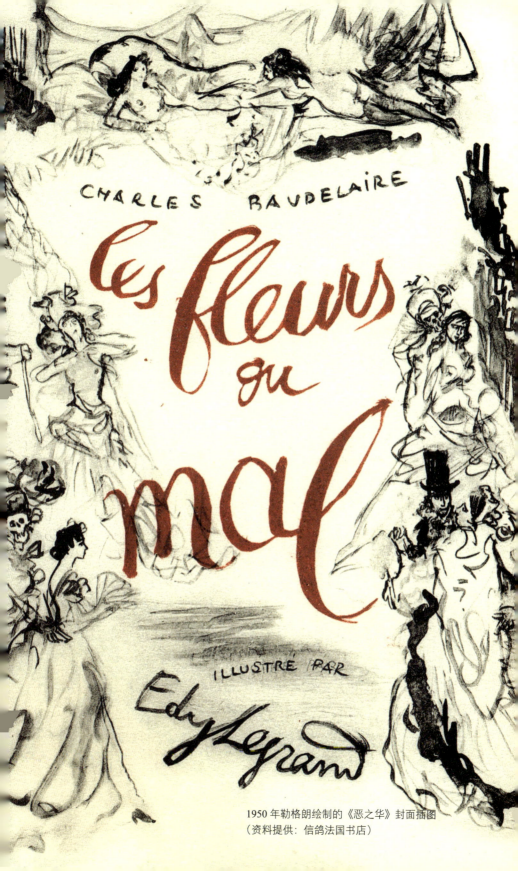

CHARLES BAUDELAIRE

Les fleurs du mal

ILLUSTRÉ PAR

Edy Legrand

1950 年勒格朗绘制的《恶之华》封面插图
（资料提供：信鸽法国书店）

接受教育启蒙，中学时期就读巴黎高等美术学院（École des Beaux Artes，又称布杂艺术学院），之后又进入慕尼黑美术学院（the Art Academy in Munich）习画，毕业后曾在父母资助下前往意大利旅行。第一次世界大战期间（1914—1918）他在法国步兵团服役，后来还当了飞行员。

待 1918 年战争结束，艾迪·勒格朗旋即整装前往荷兰、意大利、西班牙以及非洲一些国家周游。这时美国也正式取代英国成为世界首要强国，相对富足安稳的大环境促使国内经济形势一片大好，许多上流社会的富豪相继从欧陆大肆收购名画、古董、珍本书作为私人收藏，甚至不惜耗费无数金钱与时间筹建豪华图书馆，比如银行家摩根（J. P. Morgan）、铁路大亨亨廷顿（Henry Huntington）、石油大亨福尔杰（Henry Clay Folger）等。此外，由藏书作家爱德华·纽顿（Alfred Edward Newton）自述其搜购古籍手稿心得的《藏书之乐》（*The Amenities of Book-Collecting and Kindred Affections*）则是当时风靡欧美书市的畅销书。所谓"藏书癖"（Bibliophobia）在那个时代已是一种普遍的时髦象征，亦有越来越多的企业家愿意倾尽平生心力投身藏书事业，相对也带给艺术家在书籍插图和装帧设计领域大量表现的机会。

1919 年，艾迪·勒格朗通过结合想象和旅行经验，首次出版了一部讲述文明人来到荒岛历险的童书绘本《马考和寇斯马吉：快乐的历险》（*Macao et Cosmage: ou l'experience du bonheur*）。此书册开本呈正方形，画面中仅以原始部落民族常见明亮艳丽的

1919 年勒格朗绘制的《马考和寇斯马吉：快乐的历险》封面插图（资料提供：信鸽法国书店）

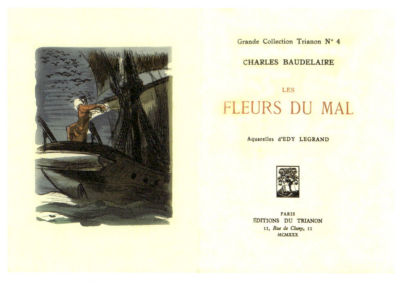

1930 年勒格朗绘制的《恶之华》扉页插图（资料提供：信鸽法国书店）

三原色为基调，搭配复古纹理的手写字体，将人带至充满梦幻色彩的童话世界。随之，及至 1930 年他又着手为法国诗人波德莱尔经典诗篇《恶之华》配上一系列水彩插图，单纯而简练的线条色块构成了一幅幅展示窗前光影、海面波粼的画面。勒格朗的早年画风明显受到当时流行的欧洲装饰艺术与部分日本浮世绘的影响。当时，他不仅是法国装饰艺术家协会（Société des artistes décorateurs）的创始成员，也是巴黎托尔梅出版社（Tolmer publishing house in Paris）专门聘雇的插画家，甚至一度在知名的秋季艺术沙龙（the Salon d'Automne）举办个展，还为巴黎各地的商场与法国渡轮制作了许多装饰图案画。

自 1933 年起，艾迪·勒格朗接连前往欧洲与北非各地进行远游，其中他在摩洛哥（Morocco）停留了一段不短的日子。此处毗邻大西洋海岸和地中海海岸，群山环绕，景色动人。它那错综复杂的殖民历史，融合了法式摩登新文化与阿拉伯传统旧文化所酝酿出的特有异国情调的神秘气氛不知启发了多少骚人墨客，像是法国画家德拉克洛瓦（Eugène Delacroix，1798—1863）、马蒂斯（Henri Matisse，1869—1954），以及小说家让·热内（Jean Genet，1910—1986）当年都曾来过这里寻求灵感。而艾迪·勒格朗同样是一个善于接纳、吸收外来环境艺术养分的创作者，他在摩洛哥留下了生平最为丰富多彩的风景画，同时在北非景色光影浸润当中深受启发，有如醍醐灌顶，从而发展出他往后描绘线条形象对比愈益鲜明、构图手法更为独树一帜的插图风格。

不久后遭逢第二次世界大战（1939—1945），从那时到 20 世纪 50 年代，内心创作欲望始终蓬勃不辍的艾迪·勒格朗持续发表了数量更为庞大的插画作品。他替多种版本的《圣经》《莎士比亚悲剧集》（*The Tragedies of Shakespeare*）和《神曲》（*Divine Comedy*）绘制的上千张插图。第二次世界大战结束后他数度前往美国旅行，也为当时专门发行高质量皮面精装书而著称于世的限量版俱乐部（The Limited Editions Club）、遗产俱乐部（The Heritage Club）、伊斯顿出版社（The Easton Press）等出版公司画了许多书籍插画。举凡英译本《美女与野兽》（*Beauty and The Beast*, 1949）、《三个火枪手》（*The Three Musketeers*, 1953）、《尼伯龙根之歌》（*The Nibelungenlied*, 1960）等限量绝版书，至今无疑已是世界各大图书馆重要的珍贵藏品。据闻艾迪·勒格朗平日

1953 年勒格朗绘制的《三个火枪手》扉页插图（资料提供：信鸽法国书店）

工作量极大，自律甚严，彼时已年届 50 岁的他仍接受巴黎一家名叫"卡萨布兰卡"（Casablanca）的出版社邀约，再次于 1950 年出版了他替诗集《恶之华》创作的另一系列插图作品。

有别于战前旧版 30 年代水彩画的景色描摹，艾迪·勒格朗晚期新作《恶之华》插图除了表现出一种超越传统绘画框架而愈趋于自由想象的视觉语言外，也更多了些来自他早年记忆中晃游摩洛哥市街的异国氛围。他的构图布局往往随兴所至，时而出入于鬼魅的文字与图像之间相互印证，以平面创造虚幻的深度，时而运用"后立体派"（Post-Cubist）美学技法，将不同人物（墓地里的幽灵与腐尸、骷髅与贵妇、裸女和吸血鬼等）的视角片断溶入在同一画面中，变幻无穷，让人惊奇连连。

从不以现况为满足，毕生不断创新求变，这便是艾迪·勒格朗笔下构筑魔幻异想的巨匠之风。

Watteau, ce carnaval où bien des cœurs illustres,
Comme des papillons, errent en flamboyant,
Décors frais et légers éclairés par des lustres
Qui versent la folie à ce bal tournoyant;

Goya, cauchemar plein de choses inconnues,
De fœtus qu'on fait cuire au milieu des sabbats,
De vieilles au miroir et d'enfants toutes nues,
Pour tenter les démons ajustant bien leurs bas;

Delacroix, lac de sang hanté des mauvais anges,
Ombragé par un bois de sapins toujours vert,
Où, sous un ciel chagrin, des fanfares étranges
Passent, comme un soupir étouffé de Weber;

Ces malédictions, ces blasphèmes, ces plaintes,
Ces extases, ces cris, ces pleurs, ces *Te Deum*,
Sont un écho redit par mille labyrinthes;
C'est pour les cœurs mortels un divin opium!

C'est un cri répété par mille sentinelles,
Un ordre renvoyé par mille porte-voix;
C'est un phare allumé sur mille citadelles,
Un appel de chasseurs perdus dans les grands bois!

Car c'est vraiment, Seigneur, le meilleur témoignage
Que nous puissions donner de notre dignité
Que cet ardent sanglot qui roule d'âge en âge
Et vient mourir au bord de votre éternité!

1950 年勒格朗绘制的《恶之华》内页插图《灯塔》(*Les Phares*)(资料提供：信鸽法国书店)

海的精灵忧郁疯狂，向天使发起进攻：
卡洛斯·施瓦布的神话与幻想

> 自由的人，你会永远爱海吧！
>
> 海是你的镜子，在波涛的
>
> 无止境进展中，你鉴照灵魂，
>
> 而你的精神却是同样辛酸的深渊。
>
> ——波德莱尔《恶之华·人与海》，莫渝译

1857 年 6 月 25 日，彼时欧陆艺文界正处于浪漫主义末期，法国现代派诗人波德莱尔业经多年纵浪生涯呕心沥血，终在他 36 岁那年正式出版诗歌巨作《恶之华》。书中内容屡屡吟咏颓废、死亡、醇酒及性爱，侈言各种忧郁（spleen），形而上的不安与情色感官等概念不断延展。小说家雨果形容为"灼热闪烁，犹如众星"，宛如"一道新的战栗"震惊同时代之人，所谓"象征主义"（symbolism）思潮由此发轫。

19 世纪末欧洲大陆自工业革命以降，乃开始进入了近代工商业繁荣的都市文明生活，当时人们将这个追求经济利益至上、富足社会的时代称作"美好年代"（Belle Epoque），尤其是世界艺术之都巴黎，更完全沉浸在洋溢着华美享乐的气氛当中。但相对来说，在这繁荣欢乐的背后，却隐藏着人们对文明进步虚华表象的厌恶，以及精神与物质文明之间的落差，于是衍生出关乎不安、苦恼、空虚、颓废的诸多联想。象征主义即是在此世纪末的

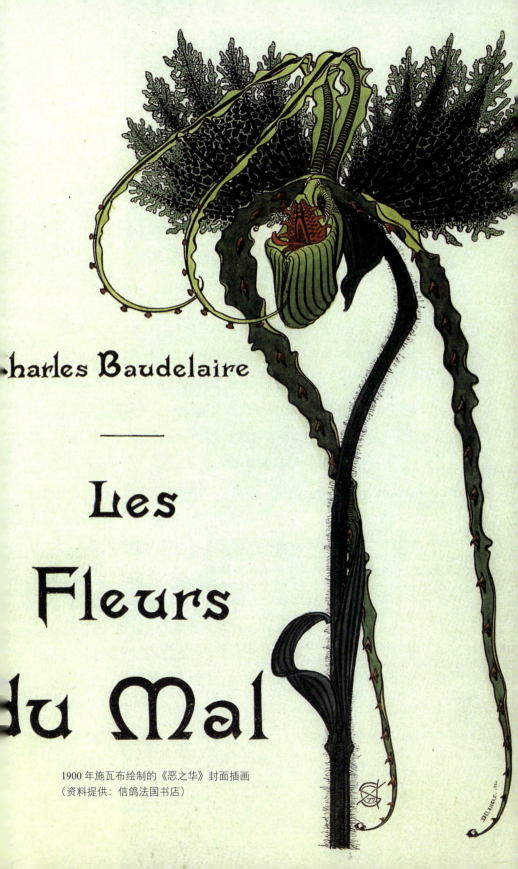

charles Baudelaire

—

Les
Fleurs
du Mal

1900 年施瓦布绘制的《恶之华》封面插画
（资料提供：信鸽法国书店）

时代氛围底下孕育而生。其最初反映在文学与诗歌创作方面，借由刊登在报章杂志上的文学诗篇，配合大量的插图，促进文学与绘画之间彼此产生对话互动，从而相继影响音乐、戏剧和美术工艺等各个领域。

及至 1900 年，恰逢世纪之交的关键年，德裔瑞士籍画家卡洛斯·施瓦布（Carlos Schwabe，1866—1926）首次为波德莱尔诗集《恶之华》绘制一系列插画创作暨封面设计。此书封面插画中绘有一株枝叶顶端生有异常美丽的宽唇口袋、外表貌似鲜艳果实的漂亮植物，许多昆虫便因禁不住袋内蜜汁引诱，不幸失足葬身其间化作醇液津食。这隐喻了诗人波德莱尔笔下不舍追求颓废败德意识的怪诞奇想，抑或召唤出《恶之华·美的颂歌》（*Hymne à la Beauté*）诗里对美所隐藏的危险诱惑与内心畏惧的双重面貌，乃至歌颂死亡的"罪恶（不朽）之花"。

封面描绘的这朵带有诱惑性的花儿，即为今日我们熟知的热带食虫植物猪笼草。追想 100 多年前，它却是才传入欧洲不久的新物种。早先由约瑟夫·班克斯爵士（Sir Joseph Banks）于 1789 年从原产地（马来西亚）婆罗洲引种到英国植物园温室内栽培观赏。据说当时全世界的植物学者与艺术家都相继为之绝倒，很少有人能抗拒猪笼草的诱惑。人们对猪笼草的喜爱之情在 19 世纪 80 年代达到了高峰，这段时间被称作"猪笼草的黄金年代"。早年英国女画家暨植物学家玛莉安·诺斯（Marianne North，1830—1890）首开先例——画了一幅猪笼草水彩作品而

1900 年施瓦布绘制的《恶之华》内页插图《人与海》（*L'Homme et la Mer*）（资料提供：信鸽法国书店）

1900 年施瓦布绘制的《恶之华》内页插图《美的颂歌》（*Hymne à la Beauté*）（资料提供：信鸽法国书店）

1900 年施瓦布绘制的《恶之华》内页插图《酒魂》(*L'Ame du vin*)(资料提供：信鸽法国书店)

1900 年施瓦布绘制的《恶之华》内页插图《受诅咒的女人》(*Femmes damnées*)(资料提供：信鸽法国书店)

声名大噪，之后又有近代著名象征主义先驱画家施瓦布将它绘入诗篇《恶之华》封面主题当中，更增添了不少传奇色彩。

话说出生于德国阿尔托纳城镇（Altona，邻近汉堡）的施瓦布自幼即随家人移居瑞士，早年在日内瓦完成美术课程，18岁时（1884）只身前往巴黎闯荡。他先后担任过墙纸、版画海报以及插画设计师，也对于当时欧洲盛行的主张唯美至上的"唯美派"颓废文学（比如王尔德的小说、波德莱尔的诗）怀有浓厚兴趣。偏爱水彩画创作的他，乃是一位善用色彩和线条的行家，且由于年少时期曾经目睹挚友亡故，施瓦布终其一生都对探索神秘的死亡题材情有独钟。

1890年，施瓦布早期最具代表性的水彩画作《掘墓者与死神》（*La Mort du fossoyeur*）即以其妻为原型，描绘出了所谓"死亡天使"（Angles of Death）降临人间的形象。画中死亡天使轻闭双眼的安详面容宛如纯洁圣母，一手捧着冥世间的青绿色微光，一手指向天堂，仿佛承诺着另一个极乐世界，而底下掘墓老人仰望的姿势也像是殷切期盼着——直将死亡当作一种美丽的救赎。随后，于1892年，施瓦布接受委托替"第一届蔷薇十字沙龙"设计的版画海报中亦描绘了一幅人类向理想迈进的神秘景象：画面下方的女人被困在俗世泥沼中，欲挣脱将她困在俗世的铁链；阶梯上的两人则一步步地迈向天堂。两相对照之下借以表达出世人盼想从现实底层攀升至理想境界的普遍渴望。

1890 年施瓦布绘制的水彩画
《掘墓者与死神》（*La Mort du fossoyeur*）（资料提供：信鸽法国书店）

1892 年施瓦布绘制的"第一届蔷薇十字沙龙"（Salon de la Rose + Croix）海报（资料提供：信鸽法国书店）

如是沉浸在构思奇特的瑰丽色彩世界里，施瓦布常以丰富的想象力、精确的造型线条来表现一种缠绵悱恻的情感。他画中的人物每每形若精灵、神比天使，其装饰画风大抵结合了杜勒（Albrecht Dürer, 1471—1528）、葛饰北斋（1760—1849）以及拉斐尔前派（the Pre-Raphaelites）怀旧旨趣的影响，尤其偏爱以古典神话和传统寓言题材表现充满怪诞、玄思、鬼魅及情欲的视觉场景。举凡一笔一画，抑或各类细致、分析性的笔法对于每个细节来说皆有其意义。

而作为一个专职的插画家，施瓦布除了波德莱尔的诗集《恶之华》以外，还曾陆续为法国作家左拉（Émile Zola, 1840—1902）的小说《梦幻》（*Le Rêve*, 1892）、比利时剧作家梅特林克（Maurice Maeterlinck, 1862—1949）的浪漫爱情剧《佩利亚斯与梅丽桑德》（*Pelléas et Mélisande*, 1892）、法国诗人萨曼（Albert Samain, 1858—1900）的《在公主的花园里》（*Le Jardin de l'infante*, 1893）等多部书绘制过插画作品。

堪称近代西方美术史上第一个以画家身份结合象征主义文学与绘画领域的先驱者，施瓦布也是引领法国"新艺术运动"（Art Nouveau）的先锋人物，他的画作大抵予人诗意的感受，却并非一般悠闲的田园牧歌，而是倾向灵感奔涌、有如海浪般席卷而来的神秘诗篇。

1892 年施瓦布绘制的左拉小说《梦幻》（*Le Rêve*）扉页插图（资料提供：信鸽法国书店）

病与狂的梦幻曲：
法国象征主义画家奥迪隆·雷东

"世上最奇魅的花卉，第一是上帝创造的，第二则是雷东所画的。"据闻 19 世纪末期法国艺术界曾经流传着这么一句话。

奥迪隆·雷东（Odilon Redon, 1840—1916），这位近代欧洲美术史上被誉为"现代艺术启蒙者""超现实风格先驱"的象征主义画家，生平最擅用象征手法，将各种花卉静物赋予某种神秘意境。而这些画作大多带有强烈的、离奇的、仿佛并不存在于

1890 年雷东绘制的《恶之华》内页插图《香水瓶》（*Le Flacon*）（资料提供：信鸽法国书店）

1890 年雷东绘制的《恶之华》内页插图《塞瑟岛之旅》（*Un Voyage à Cythère*）（资料提供：信鸽法国书店）

这真实世界里的梦幻色彩，画面中每每不乏各种怪物形象：从玻璃瓶（香水瓶）中化成一缕袅袅轻烟飘然现身的女人、星夜里同月亮在一起的眼睛、吞噬生灵的怪蛇、展开双翼的马、漂浮的眼珠、半人的植物与昆虫、形似蒲公英绒球的假面等。它们既有着部分植物的具象特征，同时也可见人类肉体肢干以及喜怒哀乐等情绪表现，加诸黑白单色的背景映衬，更不啻流泻出一股诡异的氛围。值此，画家坦言自己之所以对"花"的题材情有独钟，乃是他从"花"看到了"人"，"花朵就跟人的面孔一样，本身就是一个谜"。雷东表示，"它其实是一种灵魂的反射"。

以木炭素描和石版画为主要媒介，在 50 岁以前，雷东几乎只用黑、白两种颜色作画。

他自小生长在法国南方古堡耸立的葡萄酒乡波尔多，家境富裕，因为体质孱弱，刚出生不久后便交由保姆抚养。雷东早自童年时代即已喜好独自冥想，性情孤僻，且经常让自己处于潜意识内省的状态。15 岁时他拜入著名水彩画家斯塔尼斯拉·戈兰（Stanislas Gorin，1824—1874）门下习画，过程中相继接触到欧陆浪漫派画坛巨匠德拉克洛瓦、米勒（Jean Francois Millet，1814—1875）等人的绘画作品，自此眼界大开，内心不自觉出现的创作欲念更令他仿佛如火焰般"初次觉醒"。雷东的父亲原本期许他成为一名建筑工程师，直到他 22 岁那年（1862）未能通过巴黎高等美术学院建筑科的入学考试才作罢。但此时雷东受到植物学家好友阿曼德·克列沃（Armand Clavaud，1828—1890）

的影响，逐渐学会如何细致入微地去观察大自然中的各类植物形态，并加以转化对应在素描炭笔画作当中：诸如在某处抽象背景里莫名涌现的一丛鲜花，或是藏掩在花草植物身上象征性的神秘人头，还有那看似诡谲多端、变幻莫测的黑夜景致。大致而言，雷东总爱把现实生活里的各式对象和想象梦境并置在一块儿，以便让观者能有更多自由去体会作品内在隐喻的象征意涵。

及至 1870 年普法战争爆发，时值而立之年的雷东毅然从军作战，但不久便因过度劳累而病倒。休憩养病期间他受到当时巴黎最杰出的风景画家卡米耶·柯罗（Camille Corot，1796—1875）感召而开始热衷旅行写生。待他回到家乡之后，陆续向一位名叫布雷斯丹（Rodolphe Bresdin，1822—1885）的版画家以及当代画坛巨匠热罗姆（Jean-Léon Gérôme，1824—1904）学习了不少新颖的绘图制版技艺，在他 39 岁时（1879）方下定决心专事绘画之路。从此，雷东便着手开始制作一系列石版组画，主要包括《向戈雅致敬》（Hommagé à Goya）、《起源》（Les Origines）、《夜》（La Nuit）、《圣安东尼的诱惑》（La Tentation de saint Antoine）等作品，共计 200 幅左右，并且冠以总标题，名曰《在梦中》（Dans le Rêve）。

当年，雷东亲手绘制的这些版画有不少被刊印在诗人爱伦·坡（Edgar Allan Poe, 1809—1849）、波德莱尔、小说家福楼拜（Gustave Flaubert, 1821—1880）等知名作家的书里作为文学插图，而它们又往往带有相对的独立性格与创作意念，已然不仅只是单纯的图像装饰，其至还能借由文学作品的题材内容来表达画家自身的内心世界，简直就像是另一种形式的"视觉诗"。特别是他为福楼拜取材自古代宗教传说的《圣安东尼的诱惑》所作插图，雷东以其专擅描绘的鬼怪幽灵与幻觉形象入画，极大程度地发挥了想象力，呈现出原作故事主角圣安东尼在修道苦行期间挨过身旁恶魔无所不用其极的纠缠阻挠的故事。恶魔时而化做恐怖怪物，时而又幻成妖冶美女，而安东尼如是接连遭遇的各式各样的试探及诱惑，乘着幻想的羽翼翱翔于雷东笔下匪夷所思的情景画面当中。

据闻，早年雷东曾经引介诗人波德莱尔前往老家波尔多附近

1896 年雷东绘制的《圣安东尼的诱惑》扉页（资料提供：信鸽法国书店）

1896 年雷东绘制的《圣安东尼的诱惑》内页插图（资料提供：信鸽法国书店）

著名的葡萄酒庄"夏思比霖"（Chasse-Spleen，法文指"解除忧郁"）游览。后来诗人在他 1857 年出版的《恶之华》集子里的第一部分就叫作《忧郁与理想》（*Spleen et Idéal*），其中收录了包括《理想》（*L'Zdéal*）、《忧郁》（*Spleen*）在内的多首诗作，即与此一渊源牵系相关。

　　"我作画的唯一目的，"雷东宣称，"便是向观众展示一个在黑暗中的未知世界。"并在自己的日记中写道："未来是属于主观想象的。"于是乎，他极力反对当时颇为盛行的"印象主义"式的色光追求，致力于表现真实世界里根本不存在的生物形貌（比如在沼泽中绽放的妖艳花朵、浮游的眼球、可怕的怪物等）。但遗憾的是，当年他所揭露的这些观念和看法虽颇有一番见地，却很难即刻得到普罗大众的理解及青睐。显然他的艺术表现是离经叛道的，就连学院派画家同行也对他颇有责难。所幸在一片挞伐声浪中，仍有少数知音者——如诗人马拉美（Stéphane Mallarmé，1848—1898）、画家波纳尔（Pierre Bonnard，1867—1947）、莫里斯·德尼（Maurice Denis，

1885 年雷东绘制的石版画《沼泽之花》（*La Fleur du marécage*）（资料提供：信鸽法国书店）

1870—1943）等不吝给予赞誉及推崇，这才让雷东终能渐渐摆脱困境。之后，法国作家于斯曼（Joris-Karl Huysmans，1848—1907）在 1884 年发表了长篇小说《逆天》（*A rebours*），自此更让雷东名气大开，甚至还从巴黎红到了美国。话说这本书中的男主人公是个落魄贵族，生平喜好便是以收集雷东的作品为乐。

来到 19 世纪最后一个十年，年逾半百的雷东突然遭遇一连串病痛的打击，因而开始转向油画与粉笔画（pastel）创作，并且一改以往仅见的单色（黑白）素描及版画，所画作品尽是呈现出丰饶的鲜艳色彩。

如雷东这般热衷自然生态的爱好者对植物界的赞美，往往可以给人极多的启发和兴味。他笔下仿佛自暗处浮现的朦胧色调难以言喻，不仅将人性幽微处疯狂、恐怖、神秘的情绪以及爱欲表露得淋漓尽致，亦为尔后 20 世纪初萌的现代抽象主义和非具象艺术开拓了新生之路。

共赴一场假面舞会的华丽盛宴：
色彩魔术师克里斯汀·拉克鲁瓦

凝望地上颜色与天空的距离，似乎比我们想象的还要更近一些。

尽管现代建筑大师密斯·凡德罗（Mies van der Rohe，1886—1969）信誓旦旦地宣称"Less is More"（少即是多，象征简约为美），令我一度恋慕极简主义黑白光影所呈现的自我独白与余韵的想象空间，但我总是想起小时候常常在坊间电台卖药广播里听到的谆谆告诫："人生应该是彩色的，而不是黑白的。"因而每每无法自拔地更加迷醉于那些极尽色彩绚烂瑰丽、波光粼粼宛如银钩铁画的字符线条，它仿佛能径自带你通往一个孩子眼中童话般的梦幻世界。

特别是在某些传统古典文字语言当中，其指涉颜色的命名典雅而绝美。绀碧、琉璃、青瓷、桔梗、露草、若竹、蔷薇、珊瑚、菖蒲、琥珀、焦茶、亚麻、薄墨、海松、孔雀石绿等，这些名字仿佛萌生一股诗意的情境，以及芬芳的气味。

环顾近代书籍装帧艺术史，我最私心偏爱的几位"老派"设计家几乎无一例外都有着一身高超的手绘技艺，同时擅长将各种颜色"玩"到出神入化，喜好异质图像混搭，堪称"色彩魔术师"。包括像是20世纪60年代活跃于台湾出版界、晚年自嘲

2005 年拉克鲁瓦绘制的《拉鲁斯法文图说字典》
（*Le Petit Larousse illustré*）封面插图

为"好色之徒"（意味喜好"把玩颜色"）的图案（装饰）画家廖未林，以及 90 年代风靡巴黎时尚界，素有"调色大师"美誉的服装设计师克里斯汀·拉克鲁瓦（Christian Lacroix）。

　　记得我第一次接触拉克鲁瓦，是在台北松江路的信鸽法国书店，那里有法国袖珍书出版社（Le Livre de Poche）于 2011 年圣诞节推出、拉克鲁瓦捉刀绘制封面插图的经典文学口袋书（文库版）。此一书系共编选了 9 部小说，分别是茨威格的《一个陌生女子的来信》（*Lettre d'une inconnue*）、简·奥斯汀的《爱玛》（*Emma*）、普鲁斯特的《追忆逝水年华》（*A l'ombre des jeunes filles en fleur*）、莫泊桑的《人生在世》（*Une vie*）、菲茨杰拉德的《夜色温柔》（*Tendre est la nuit*）、拉法耶特夫人的《克莱芙王妃》（*La Princesse de Clèves*）、薇塔·萨克维尔（*Vita Sackville-West*）的《激情耗尽》（*Toute passion abolie*）、梅里美的《卡门》（*Carmen*）以及刘易斯·卡罗尔的《爱丽丝梦游仙境》（*Alice au Pays des Merveilles*）。

　　翻览书页，但观其装帧之华美，极尽超现实想象之浪漫，标题字体则为轻盈的手书线条，正所谓"书衣缤纷，时装如戏"。透过拉克鲁瓦灵光闪现的画笔，那些衣装华贵绚烂的封面女子均有着神话般的花影光泽，似乎只要一闭上眼睛，就能隐隐听见柔滑布料的娑沙声，与精细花边的呼吸声。像松糕的味道，抑或义学的气味？引领你穿梭于现实和幻想之间，屡屡令人沉醉其中，恍如亲临了一场假面舞会的盛宴、一场华丽的游园惊梦。

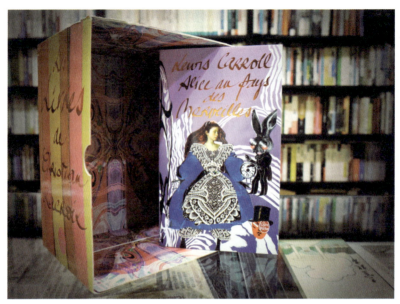

2011 年拉克鲁瓦绘制的法国袖珍书出版社典藏版《爱丽丝梦游仙境》/ 吴卡密　摄影

2011 年拉克鲁瓦绘制的法国袖珍书出版社经典文学书系一套 9 册 / 吴卡密　摄影

我尤其喜欢拉克鲁瓦流传甚广的一句话："让旧事物无休止地复兴。"他声称做服装设计乃是为了"寻找那些逝去的时光"，据说这也是他的设计秘诀。其作品向以华丽见称，常见充满缤纷的桃红、艳丽的橙黄与浓郁的紫，且钟爱使用绸缎、丝绒等布料。而像这样瑰丽明艳的色感，大多源自于他对故乡的记忆。

　　拉克鲁瓦 1951 年出生在法国南部边城、比邻地中海的阿尔勒（Arles），该地自古便有多个民族融居，山色瑰丽、风景宜人。拉克鲁瓦从小即常流连于吉普赛人与西班牙人驻足的蔚蓝海岸，并且热爱观看斗牛、歌剧以及戏剧演出。童年时，他曾经从祖母家的阁楼里找到一份创刊于 19 世纪中期（1860）的老杂志《插画时尚》（*La Mode illustrée*），该套杂志汇集了许多古老的女装礼服石印版画、手绘插图（他曾坦言忘不了书中所刊载的一件鲑鱼粉色礼服与偏巧克力色的紫色摩洛哥蛋糕裙），让他对早期的服装设计有了初步的美学启蒙。高中毕业（1969）后他进入蒙彼利埃大学（Montpellier）修习艺术史课程，并以"17 世纪绘画中的服装"作为论文题材。22 岁那年（1973）他前往巴黎，旋即在索邦大学（La Sorbonne）研究 18 世纪法国油画人物穿的衣裳，接着到卢浮宫学院（L'École du Louvre）念博物馆学，期望有朝一日能成为博物馆馆长与策展人。

　　随之，就在拉克鲁瓦如愿通过博物馆策展人资格考试后，他与未来的太太弗朗索瓦丝（Françoise）邂逅，且受她鼓励而逐渐转往时装界发展。于是乎，经友人介绍，37 岁的拉克鲁瓦进入知名品牌公司爱马仕（Hermès）工作，自此开启了他的时装设计生涯。1981 年又在巴黎老牌时装让·巴杜（Jean Patou）担纲设计师，1987 年创立个人品牌，出售高级定制服装。由于他师出名门，又拥有厚实的艺术功底，因此除了活跃于本业之外，拉克鲁瓦更不断积极地投入各种跨界设计，包括服装饰品、瓷器餐盘、家具灯饰、香水、瓷砖、壁纸、笔记本、书籍装帧，甚至法国高速铁路列车的车厢装潢、法国航空公司的制服、巴黎玛黑区小磨坊旅馆（Hotel du Petit Moulin）的室内设计等，简直是将"做设计"玩上了瘾！同时他还是古董衣的狂热收藏者。

在最走红的那几年，拉克鲁瓦可以说是法国（时尚）设计文化的代名词（他在 2002 年获颁法国骑士勋章）。

2005 年，拉克鲁瓦为法国拉鲁斯出版社（Larousse）绘制了一款法文图说辞典 Le Petit Larousse illustré 的"百年纪念版"绘本，无论封面设计还是内页插图，其色彩和风格都一如他的高级时装，极致艳丽、华美。然而，大约自 20 世纪 90 年代中期以降，拉克鲁瓦的公司开始面临亏损，不仅因为当时吹起"极简风潮"，也因为拉克鲁瓦在商业竞争之下，掌握不住品牌的方向，致使 2008 年的全球金融海啸成了压垮拉克鲁瓦的最后一根稻草，拉克鲁瓦翌年（2009）向法院诉请破产。事业遭受重挫的他，破产后依然积极做了不少突破性的设计，诸如精品旅馆室内装潢、翻新老牌子夏帕瑞丽（Elsa Schiaparelli）等作品。2013 年，他又推出了一套两款结合了立体书与笔记本的《旅游》（Voyage）精品书系，书页里俯拾皆是如宫廷风格般瑰丽的印刷图案，纸上场景充满了戏剧性与神秘感，好似过去与未来、现实与潜意识的交错。从南法到西班牙，从罗马到墨西哥，拉克鲁瓦的调色盘里仿佛早已容纳了整个世界的幻想地图。

2012 年拉克鲁瓦绘制的《旅游》（*Voyage*）系列立体书笔记本 / 吴卡密　摄影

2012 年拉克鲁瓦绘制的《旅游》（*Voyage*）系列立体书笔记本 / 吴卡密 摄影

克劳斯·哈帕涅米的北欧奇幻森林

北欧风格，来自斯堪的纳维亚（Scandinavia）清透澄澈的冰雪的灵感，强调创意取法于大自然、以人为本，遂由此提炼、酝酿出高度纯净且富诗意的设计美学，最近这几年在台湾逐渐受到瞩目。书市上常见如吴祥辉的《芬兰惊艳》、黄世嘉的《北欧魅力 I.C.E：冰国淬炼的生活竞争力》，以及涂翠珊的《设计让世界看见芬兰》等本岛作者相关书籍皆颇受读者大众欢迎，销路不恶。

2012 年，继意大利的都灵（2008）和韩国的首尔（2010）之后，素有"千岛之国"美称的芬兰首府赫尔辛基（Helsinki）被授予"世界设计之都"（The World Design Capital，简称 WDC）桂冠，俨然成为引领当代生活美学、时尚设计与艺术文化潮流的中心。

拥有 10% 的水域面积、森林覆盖率高达 70% 的芬兰地貌平坦而广阔，境内布满湖泊和森林，随处可见松树、云杉，加之飘浮的云雾与灵动的湖水，宛如仙境。芬兰西南部海面则有冰河时期由坚硬岩层裂开形成的许多岛屿，如芝麻般散布在前往瑞典的水道中。这里的土地曾经孕育出芬兰近代最伟大的民族音乐灵魂西贝柳斯（Jean Sibelius，1865—1957），以及开启北欧现代化设计的建筑大师阿尔瓦·阿尔托（Alvar Aalto，1898—1976）。

扎根于独树一帜的本国传统和生态文化，并拥有众多与艺术设计有关的教育机构，芬兰人从小即与"设计"非常亲近，许多知名设计作品早已融入大多数民众日常生活（衣食住行），成为彼此不可分割的一部分。比如还在幼儿园的时候，孩子们几乎每天都会用到碗橱里摆着的那些阿拉比亚（Arabia）品牌的陶瓷餐具和以童话魔幻般彩绘顶级玻璃工艺著称的伊塔拉（Iittala）品牌的水晶玻璃杯。而遇到一些特殊的场合时，餐桌上则常常会摆上阿尔托设计于20世纪30年代、形体弯曲美妙如湖岸线条的萨沃伊（Savoy）花瓶。

其中，我对芬兰百年国宝品牌伊塔拉近年来积极与各国设计师合作，并延请年轻一代插画家克劳斯·哈帕涅米（Klaus Haapaniemi，1970— ）操刀设计的"Taika"（魔幻森林）系列几款彩绘杯盘器皿尤为感到惊艳！画面中不唯充满了瑰丽的想象力和丰富的装饰细节，其用色的对比和自由的笔触，总让人一眼就能记下这股北欧独有的奇幻气息。

此处芬兰文"Taika"，意即所谓的魔术（Magic）。自幼在芬兰出生长大，长年沉浸于北欧传统的神话史诗与民俗文化当中，童年期的克劳斯·哈帕涅米很早就爱上了画画。当他还只是8岁小孩时，便已从电视机放送的俄罗斯儿童卡通节目以及故乡地缘环境中得天独厚的天然湖泊与森林里获得了不少创作灵感。

后来他从拉赫提设计学院（Lahti Institute of Design）毕业，

便开始在意大利为著名的迪赛（Diesel）服装公司设计印刷图案，也相继担任杂志《观察》（*Observer*）及《时尚》（*Vogue*）的专属插画师，并与歌手麦当娜的女儿洛德丝·里昂（Lourdes Leon）和作家大卫·哈塞尔霍夫（David Hasselhoff）、罗莎·林克森（Rosa Liksom）等名人合作撰写童话故事书。之后，随着他的创作涉猎范围越来越广，哈帕涅米陆续从书报杂志、童书绘本、精品瓷器、挂毯、围巾的插画制作等创作领域，逐渐延伸扩及李维斯（Levis）品牌的 T 恤、玛丽麦高（Marimekko）和杜嘉班纳（Dolce & Gabbana）的布料图案、索尼游戏机 Playstation 2 的特别版包装，乃至伦敦塞尔福里奇百货公司（Selfridges）与大阪伊势丹百货公司（Isetan）的橱窗设计等，那里都有他的插画作品出现。

2010 年 4 月，英国企鹅出版社（Penguin Books Ltd.）重新发行了德国作家聚斯金德（Patrick Süskind）两本 20 世纪 80 年代的畅销小说《香水》（*The Perfume*）和《鸽子》（*The Pigeon*）。负责该套书封面装帧者，便是伦敦时尚界鼎鼎大名的插画设计家克劳斯·哈帕涅米。前者（《香水》）封面为全黑的背景颜色，对比强烈的白花和缠着缎带的剪刀，加上花丛中巧妙安排的骷髅头，让封面本身带出故事悬疑的开端且营造出浓烈而邪恶的诡谲气氛（早期封面版本则是以孔雀和少女为主角）。而后者（《鸽子》）一书封面则是同样不乏强调传统对称、带有欧洲古典纹样的装饰图案，展现既华丽且缤纷的装饰艺术（Art Deco）风格。另外，他也替 19 世纪俄国作家尼古拉·列斯科夫（Nikolai Leskov，1831—1895）的《列斯科夫中短篇小说集》（*The Enchanted*

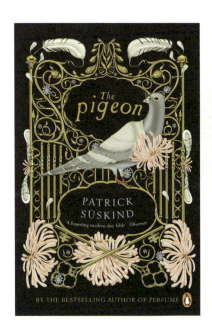

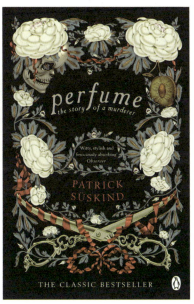

2010 年哈帕涅米绘制的聚斯金德小说
《鸽子》封面插画

2010 年哈帕涅米绘制的聚斯金德小说
《香水》封面插画

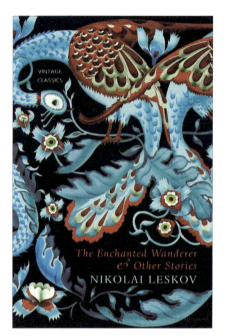

2013 年哈帕涅米绘制的《列斯科夫中短篇小说集》(*The Enchanted Wanderer and Other Stories*) 封面插画

Wanderer and Other Stories) 设计了一款封面。哈帕涅米以一对披挂着深红细羽蓝金翎绒、色泽华丽的蓝孔雀作为图案装饰，画面中最冷的蓝色和红色形成了鲜明对照，恍如霞光漫溢，令人着迷。

其实在此之前，哈帕涅米的作品早已"登陆"台湾。2004 年由统一超商为配合当季圣诞节所推出的 i-cash 储值卡，卡片上面彩绘的两款麋鹿与北极熊图案即是出自哈帕涅米之手。据说芬兰人与大自然的关系向来非常亲密，许多人家里的后院外面往往就是一大片森林。而在北欧斯堪的那维亚半岛，一到冬天便常常下雪，风光很美，森林里也会出现北极熊、雪豹、麋鹿，芬兰人都很喜欢这些稀有动物。

哈帕涅米最擅长的，便是将北欧那些美丽的奇幻灵兽设计成图腾，加诸浪漫夸张的强烈对比色调，以及繁复的细节装饰，犹如村上春树小说里隐隐浮动的一股魔幻的超现实张力，因此香港人也称他为"画坛的村上春树"。

2004年哈帕涅米绘制的统一超商i-cash"麋鹿&北极熊"圣诞
储值卡的卡面图案

对于色彩向来十分敏感的哈帕涅米，自陈喜爱与众不同的东
西，就像芬兰建筑师阿尔托的作品。"在我的家里，有一些60年
代来自意大利北部皮亚佐拉（Piazzola）的老沙发，"哈帕涅米表
示，"无论我搬到哪里去，我都会带着这些沙发。我也喜欢大自
然的色彩变化，夏季满地葱绿而冬季一片雪白。"他认为制造盘
子、茶杯和设计布料、书籍封面插画是完全不一样的，因为颜料
应用在不同的材质上，其效果也必然迥异。

这些富有装饰感的插画作品不唯有着瑰丽的想象力，亦仿佛
打开了一扇通往魔法世界的门，克劳斯·哈帕涅米每每在他笔下
交融流泻出如童话故事般光怪陆离的奇幻场景。

挥霍的美丽与欲望交缠的激情：
阿根廷超现实主义女画家莱昂诺尔·费妮

过去，有些孤傲的名字往往隐匿在遥远的他方，只静待少数有缘人去发掘。

莱昂诺尔·费妮（Léonor Fini，1907—1996），这位堪称20世纪30年代最丰富多产且最具影响力的超现实主义女画家、舞台设计师及书刊插画家，其作品总是带有某种令人不安的神秘感与强烈的女性意识，时而残酷绝美，时而放荡不羁，仿佛镜子上的裂痕，游离在白天和黑夜、现实和梦幻之间。

生于布宜诺斯艾利斯（阿根廷首都），费妮不到一岁时母亲便与她属籍阿根廷的父亲离异，随即搬迁至母亲的意大利娘家和外祖父母一同住在的里雅斯特（Trieste，意大利东北部的港口城市）。之后费妮的父亲几番远从阿根廷追逐而来，一心想要夺回费妮的抚养权（据闻当时幼年的费妮每次离开家外出时总是被母亲打扮成男孩的样子，以防止被父亲绑架），最终却都徒劳而返，从此就失去了联络。此后费妮终其一生都未曾见过自己的父亲。

年少时期的费妮一度饱受眼疾之苦，为了进行治疗复健，须将两眼缠上绷带，在长达一年多的时间内只能过着"暗无天日"的生活。为此，她感到相当苦闷，于是便逐渐以发掘内心世界为出口，每天不停地想象着各种梦幻般的图画场景。费妮形容当时这些想象画面宛如循着梦的小径，宁静且充满诗意，但她声称画中呈现的并不是梦，而是梦的结构。后来当她完成复健，恢复视力以后，便下定决心要成为一名艺术家。14 岁那年（1932），费妮开始自习构图和绘画，凭着追求艺术的热情和信念参观了许多博物馆，潜心研究文艺复兴时期诸位大师的画风流派，并且经常沉浸在她舅舅各类艺术图书极为丰富的私人藏书室里阅览群书，大开眼界。

1935 年，17 岁的费妮初次在意大利举办画展，并受邀到米兰绘制第一幅委托人像画。翌年（1936）迁居至巴黎闯荡，于焉展开了她投身艺术创作的职业生涯；同时亦与超现实主义画家团体往来互动，并随同他们陆续前往伦敦、纽约和东京等地展出。费妮的初期画作大多带有神秘、朦胧的气息，且受到拉斐尔前派与英国插画家比亚兹莱（Aubrey Beardsley，1872—1898）的影响，画风主要偏向古典风格，屡屡强调构图中展现唯美的笔触，精致的线条流转如音乐。此外，由于费妮自幼居住在海边（港口），因此童年记忆中的海岸、潮蚀的洞窟、贝壳、藻、蟹，以及山羊的头盖骨等便经常成为她入画的题材。

"绘画的本能从我自己当中引出整个世界，且那世界就是我。"费妮曾对作家好友戈捷（Xavière Gauthier）如此宣称。此处饶富兴味的是，早在 20 世纪三四十年代，费妮即以自我投射的肖像画作发展出定型的个人象征，并且经常在自己的画中出现，但她却总是不直接标明为自画像。一如她早期绘制《时尚芭莎》（*Harper's Bazzar*）、*Plexus* 等系列杂志封面，画面中常以单一女性为主体，这些女性形象不仅有着浓密卷曲的夸张发型、用宽大华服的裹着的瘦削身体，甚至就连眉宇之间那双充满挑衅的眼也颇为神似画家本人。

　　1938 年，意大利知名香水公司夏帕瑞丽推出全新系列畅销香水 "Shocking"（震惊），香水尤以玻璃瓶身造型曲线凹凸玲珑宛如丰满的女性躯体驰名于世，据称这乃是费妮参照当年美国好莱坞性感女星梅·韦斯特（Mae West，1893—1980）的婀娜身形设计而成。

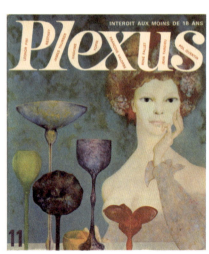

1947 年费妮绘制的《时尚芭莎》杂志 6 月号封面书影

1967 年费妮绘制的 *Plexus* 杂志第 11 期封面书影

拒绝接受经由男人定义的世界、毕生不断寻求爱和激情的费妮，既爱男人，也爱女人。1939 年夏天，费妮至圣马丁岛（Sint Maarten）拜访她恋慕的另一位英国女画家卡灵顿（Leonora Carrington，1917—2011），两人自此成为闺中密友。时值第二次世界大战爆发，费妮先后在蒙地卡罗及罗马躲避战乱。而在此之前，费妮曾与费德里克·韦内扎尼（Fedrico Veneziani）有过一次短暂婚姻，但两人很快在费妮遇见意大利画家雷普利（Stanislao Lepri，1905—1980）之后便告离婚。对此，费妮表示："我想和不同的男人一起生活。一个是情人，另一个是朋友。"后来费妮又结识了另一位作家男友——波兰诗人杰伦斯基（Konstantine Jeleński，1922—1987），直到晚年她都和这两个男人在巴黎城郊同居一处，还有陪伴在她身边的猫儿们。

待第二次世界大战结束后，费妮旋即回到巴黎继续从事艺术创作。由于她本身很喜欢出席各类剧场演出和化妆舞会等活动，故而承揽了不少相关设计业务，包括替卡斯泰拉尼（Renato Castellani）的电影《罗密欧与朱丽叶》（*Romeo and Juliet*）设计服装，亦为巴黎皇家芭蕾舞蹈团成员量身定制了名曰"费妮之梦"（Le rêve de Léonor Fini）的专属舞衣，甚至还替当时法国著名的木桐酒庄（Chateau Mouton Rothschild）设计酒瓶标签。

在那些年里，她的创作经历不断扩展，陆续也为某些熟识的作家友人，抑或当时重刊的经典文学作品——如莎士比亚的《十四行诗》（*Sonnet*）、波德莱尔的《恶之华》（*Les Fleurs du Mal*）、萨德的《朱丽叶》（*Juliette*）等——画插图。其中最广为人知的，无疑该属她替法国女作家波莉娜·雷阿日（Pauline Réage，1907—1998）那部著名的情色小说《O娘的故事》[1]（*Histoire d'O*）所绘制的全套26张水彩插画了。

《O娘的故事》最早于1954年以法文出版，故事内容主要讲述一位名叫"O"的年轻女孩被男友勒内（Rene）带到巴黎郊外一处城堡内，遭到捆绑、鞭笞和性虐待。"O"如同那里其他所有被囚的女人一样沦为男人的奴隶，但由于她深爱着勒内，所以甘愿忍受其对自己的各种羞辱。后来勒内因欠下大笔债务而将"O"转送给同父异母的哥哥斯蒂芬（Stephen），并将其姓名烙印在"O"的身上。最终斯蒂芬因感到厌倦而抛弃了她。

自从该书问世以来，《O娘的故事》所激起的各界强烈的争议与辱骂就从未停止过，有读者对它深恶痛绝，亦有论者对它大加赞美，称其为鼓吹女性情欲解放的虐恋文学经典。随之在1968年出自费妮画笔、巴黎的Tchou出版社重新发行的精装插图版本当中，一幅幅晕染墨色、男女肉身行巫山云雨的画面，不禁予人想象在传统中国水墨的韵味之外，更有一片散发着神秘气息的幽微死寂渲染了虐爱的黑暗氛围，其间隐隐蕴含着如梦境般的冷漠与静谧、衰败和死亡。

---

[1]　1994年，《O娘的故事》由旅法汉学家陈庆浩教授编入《世界性文学名著大系·小说篇·法文卷》，首度在台发行中文版（金枫出版社，易余译），封面副标名为"心灵忠诚肉体放荡的性传奇"。

1964 年费妮绘制的《恶之华》内页插
图（资料提供：信鸽法国书店）

1964 年费妮绘制的《恶之华》内页插图
（资料提供：信鸽法国书店）

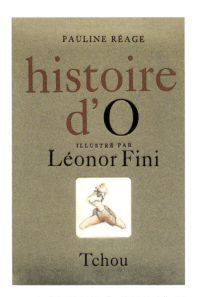

1968 年费妮绘制的《O 娘的故事》封
面书影／巴黎 Tchou 出版社（资料提
供：信鸽法国书店）

1968 年费妮绘制的《O 娘的故事》内
页插图／巴黎 Tchou 出版社（资料提供：
信鸽法国书店）

　　无论蚀刻版画（Etching）、素描、油画、水彩或书籍插图，凝视着费妮画中的女人，她们几乎个个美丽，但这种美就像被过度的激情和欲望所摧残过的，一种挥霍而尖锐的美。

光影交叠的华丽与前卫：
"瑞士学派"平面设计巨匠马克斯·胡贝尔

近来埋首写作之余，经常会去台北松江路巷弄的信鸽法国书店闲逛，因为在这里除了找书之外，不时也能让人观察到当下欧陆图书业界最新流行的出版潮流。彼时我一度曾由书店店员闲谈当中得知，某些法国出版社的书似乎已有愈来愈多偏好于使用个别图像色块彼此交错重叠的方式来做装帧设计。

提及这般类似手法，不禁令人联想到早期无声电影里常出现的"叠画"（superimposition）特效，意即剪辑师把两个或两个以上内容迥异的画面影像叠合同时放映，一般用来表现人物内心潜藏的回忆、想象和梦境，有时也借此交代时间的流逝和各种纷繁并陈的现象。此处由于画面屏幕的重叠显现，遂使得各个场景之间原本存在的对比关系更为强烈，且易于激起观众各种延伸的思索及联想。

同样参照于近代出版（印刷）设计的专业领域，像这样把个别色块反复叠加套印的特殊风格其实另有个专门术语——叠印（overprint），而此一印刷方式的出现亦有其自身酝酿的历史渊源。

回顾欧洲 20 世纪初期的平面设计史，出身瑞士的马克斯·胡贝尔（Max Huber，1919—1992）可说是最早开始大量采用图像拼贴，并擅长搭配叠印色块构成整个版面视觉层次及动态

rivista mensile　anno primo　numero uno

jazztime

and records

1952 年胡贝尔设计的《爵士时光》(*Jazztime*) 杂志创刊号封面

感的知名设计师。

从 20 世纪 40 年代活跃至 80 年代，马克斯·胡贝尔同时也是第二次世界大战后欧洲设计界最重要、开创性的图像艺术家之一。当今位于瑞士南端的边陲小城基亚索（Chiasso）甚至为此创设了著名的马克斯博物馆（Max Museo），以纪念和展示他的生平成就。

1919 年他在瑞士出生，17 岁那年（1936）进入苏黎世工艺美术学院（Zurich School of Arts and Crafts）就读，主修图案设计和影像艺术。在学期间，马克斯·胡贝尔一边在广告公司兼差实习，一边则经常流连于学校图书馆阅览群书，拓宽眼界。在那里他首次接触到德国包豪斯（Bauhaus）平面设计大师奇肖尔德（Jan Tschichold，1902—1974），以及欧洲未来主义艺术家与俄国结构主义者的实验创作。

当时，尤其是苏黎世和巴塞尔这两个城市，在美术设计方面不乏各种外来刺激：来自德国、纷纷落脚定居于此的流亡艺术家，以及在地青年艺术工作者如瑞士籍设计师恩斯特·凯勒（Ernst Keller）、西奥·巴尔莫（Theo Ballmer）、马克斯·比尔（Max Bill）、西奥·凡·杜斯堡（Theo van Doesburg）等人，共同为瑞士的学院设计教育奠定了专业基础。后来，还由此发展出 20 世纪 50 年代广泛影响欧洲各国的"瑞士平面设计风格"（Swiss Design）。由于瑞士平面设计风格简洁明确，很快通过各类海报插图、书报杂志传遍全世界，成为国际最流行的平面设计风格，因此又被称作"国际主义平面设计风格"（The International Typographic Style）。

于是乎，就在这弥漫着一股象征前卫进步氛围的环境底下，马克斯·胡贝尔逐步开始了他日后探索设计领域的职业生涯。1940 年年底，20 岁的马克斯·胡贝尔前往米兰参观名设计师安东尼奥·博杰里（Antonio Boggeri）的私人工作室。据闻当时他说话结结巴巴，连一句意大利语也不会讲，却无意间留下了一张细腻的手绘图画，让博杰里对他的作品产生了深刻印象，二话不说便立即雇用了胡贝尔协助从事设计工作。

早昔从老家瑞士辗转来到意大利寻求发展，马克斯·胡贝尔此时仿佛进入了一处绘画、插画、摄影及印刷等各类艺术文化相互激荡并存的大熔炉。在这里他不仅得以和当时引领世界潮流的创作者、知识分子以及前卫艺术家们充分交流，同时也拥有不少机会与小说家卡尔维诺（Italo Calvino）、女作家娜塔丽亚·金兹伯格（Natalia Ginzburg）、音乐学家马西莫·米拉（Massimo Mila）、诗人帕维瑟（Cesare Pavese）、小说家皮瓦诺（Fernanda Pivano）等意大利左翼文艺圈内人往来。

第二次世界大战初期，马克斯·胡贝尔被迫返回瑞士故乡避难，且从 1942—1944 年间，他开始和以马克斯·比尔为首的苏黎世当代瑞士艺术家联盟协会（The Alliance Association of

Modern Swiss Artists）成员频繁互动。战争结束后，他随即下定决心要移民至意大利永久定居。

如是经历了数年的烽火浩劫洗礼，胡贝尔本人深信，他将会通过设计事业来重建人类因为战争而破坏殆尽、失落已久的文化价值。类似这番人文主义理念曾一度影响了当时整个欧洲。

这段时期，马克斯·胡贝尔也陆续替意大利的 Einaudi 与 Etas 等出版社设计了许多展现叠印特色的书系装帧代表作，诸如俄国社会主义诗人马雅可夫斯基（Vladimir Mayakovsky）的诗集《列宁》（*Lenin*）、俄国考古学家沃罗宁（Nikolaj Voronin）的《重建苏联的建筑》（*La ricostruzione edilizia nell'U.R.S.S.*）、意大利巴勒莫（Palermo）大学经济系教授莫雷洛（Gabriele Morello）的《石油与南方》（*Petrolio e Sud*）等。马克斯·胡贝尔巧妙地利用彩色油墨本身的透明性质，以及纵横交错的复叠、透叠技法，加上具有透视消失点效果和富于张力的图案线条，使这些封面产生了前所未有的丰富强烈的生命力与深度。

除此之外，自从他踏入设计师这一行业以来，马克斯·胡贝尔始终对爵士音乐怀有极大兴趣及热忱，连带也让他热衷于设计自己所喜爱的唱片封面、爵士演奏活动海报与相关出版品。比方他在 20 世纪 50 年代设计了一系列音乐期刊《爵士时光》（*Jazztime*）的杂志封面，画面中融混了各个层次交叠的实验性摄影图像与大胆的基本造型原色，以及那些起伏跌宕宛如音符跳动

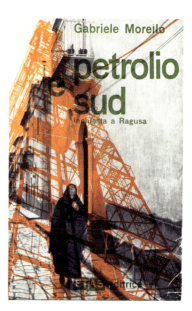

1946 年胡贝尔设计的《重建苏联的建筑》
（*La ricostruzione edilizia nell'U.R.S.S.*）封
面书影

1959 年胡贝尔设计的《石油与南方》
（*Petrolio e Sud*）封面书影

1952 年胡贝尔设计的《爵士时光》（*Jazztime*）杂志第 4 期封面书影

般的简洁文字排比，将音乐中的韵律节奏融入转化成为另一种关乎形象与色彩的视觉语言，搭配着精致的印刷质感，每每教人得以领略马克斯·胡贝尔前卫锐利的设计风格——包括他最著名的意大利蒙札赛车大奖赛（Gran Premio dell'Autodromoa di Monza）海报设计。

毕生不囿于"平面"的框架，且偏爱明晰和韵律的异质结合，马克斯·胡贝尔的设计作品经过了半世纪以上的岁月洗练，迄今仍留存在好几代人的记忆当中，历久弥新。

Gran premi
dell' Autodrom
17 ottobre 1948
Monza

1948 年胡贝尔设计的意大利蒙扎赛车大奖赛海报

从风格中解放出来：
荷兰风格派前卫设计师皮特·兹瓦特

正是在缺乏丰厚天然资源的情况下，设计产业往往被视为非常重要的创意资源。

观诸近年来所谓的"荷兰设计"俨然享誉全球，不唯已是当代前卫创作者眼中的时尚主流之一，乃至成了挑战传统、致力于革新实践的具体象征。举凡从楚格（Droog Design）的前卫设计到Moooi 的创意品牌，从万德斯（Marcel Wanders）和马尔腾·巴斯（Maarten Baas）的时尚家具到托德·布歇尔（Tord Boontje）的剪纸艺术，新一代的荷兰年轻设计师每每不乏以其独特的视野在世界设计版图上找到自身的立足点，诚可谓百舸争流、人才辈出。

由于位居三角洲地带，欧洲多条汇入北海的大河均流经荷兰，所以其地理位置异常优越，自古以来即是整个西欧地区的贸易和运输中心。荷兰小国寡民（面积约 4.2 万平方公里，人口约1600 万人），有 1/4 的国土面积低于海平面，且天然资源仅天然气略具规模，然而他们却早在 17 世纪初即已远渡万里重洋创设"东印度公司"，称霸大半个地球，迄今仍能在全球经贸体系中占得一席之地。

端看这几年台湾出版界所引进的设计类书籍，除了前阵子掀起一波波热潮的北欧设计之外，次热的"设计国家"，大抵便属身处欧陆北缘，地理环境或产业历史皆与本岛相仿的荷兰了。此间一般在书市常见如《荷兰嬉设计》《新荷兰学：荷兰强大幸福的十六个理由》《荷兰不唬烂》等书，皆属上品之选。西方美术史上林林有名的荷兰大画家伦勃朗、凡·高（Vincent van Gogh，1853—1890）、蒙特里安（Piet Mondrian，1872—1944），以及同样根源自荷兰的风格派（De Stijl）绘画也都对后世艺术及设计领域的发展产生了深远影响。

回顾过去，荷兰一度风起云涌的现代主义设计思潮发轫于20世纪初期。约莫二三十年代，著名画家范·杜斯堡、建筑师里特费尔德（Gerrit Rietveld，1888—1964）以及艺术家蒙特里安等核心人物共同引领了一场名为"风格派"的前卫艺术与设计运动，并通过其成员编纂的同名杂志《风格》（De Stijl）月刊为媒介，发表交流各自的美学观念，广泛影响了当时的工业设计、绘画和建筑。

当时，正值第一次世界大战刚结束，随之而来的社会氛围为之一新，前卫艺术新思潮宛如雨后春笋般勃然丛生，相对也成为孕育新一代设计界风云人物的温床。一位来自阿姆斯特丹邻近小镇赞代克（Zaandijk）学建筑的年轻人开始进入荷兰风格派成员、建筑师扬·维尔斯（Jan Wils）的事务所担任绘图员。虽然这个年轻人原本接受的是正规建筑师的专业教育，但是后来却在图像设计领域逐渐闯出名号，成为国际声誉鹊起的平面设计大师——他的名字叫皮特·兹瓦特（Piet Zwart，1885—1977）。当今位于荷兰第二大城市鹿特丹（Rotterdam）的鹿特丹视觉设计学院（Piet Zwart Institute）即为纪念他而命名。

学生时代（1902—1907）他就读于阿姆斯特丹应用艺术学院（Rijksschool voor Kunstnijverheid Amsterdam）[1]学习绘画、素描、建筑与应用美术等技艺，修业完成后曾一度专注于家具制作、布纹装饰和室内设计。1919 年，33 岁的皮特·兹瓦特决心脱离先前投入的建筑设计与工艺领域，初次接触到荷兰风格派作品，并与这个现代设计团体成员往来酬酢。因缘际会，他结识了当年创办《风格》并担纲首期封面设计的匈牙利画家暨建筑设计师胡萨尔（Vilmos Huszàr，1884—1960）。他们经常交流彼此有关建筑规划与图像设计的想法，同时他也被范·杜斯堡所宣扬的建构抽象乌托邦世界的风格派激进理念深深吸引，并且极为着迷于那时一度风靡的达达主义（Dadaism），以及源自俄罗斯结构主义（Constructivism）的前卫艺术。这些思潮的影响所及，从他在 20 世纪 20 年代初期替 Vickers House 建设公司设计的一系列平面广告（海报）作品中所呈现的各种尺度的纵横错落、自由排列宛如跃动的字体符号，以及独特鲜明的版面留白手法便可窥见端倪。

1921 年，兹瓦特担任荷兰建筑师贝尔拉赫（Hendrik Petrus Berlage，1856—1934）的助手，陆续参与了基督教科学派教堂、海牙市政博物馆等规划案，并还尝试运用六边形和圆形造型设计了一套早餐杯具组。1923 年通过贝尔拉赫的引介，兹瓦特辗转前

---

[1] 编注：后并入阿姆斯特丹艺术大学（Amsterdamse Hogeschool voor de Kunsten）。

1923 年兹瓦特设计的 Vickers House 建设公司广告海报设计

往代尔夫特（Delft）市区的 NKF（Nerderlandsche Kabelfabriek）
公司工作。往后 10 多年，他不断以活版印刷形式来进行各种实
验探索，持续制作出数以百计富有开创性的平面广告海报和书籍
装帧设计。甚至他还从自己负责设计印制 NKF 公司广告目录的
印刷厂资深工人身上学到了不少印刷知识，遂得以深入了解自由
地运用不同大小的文字、圆和矩形等元素来进行各种造型试验，
并懂得有效利用强烈的对角线、原色组合以及不对称构图形式来
强化他所要传达的视觉讯息。

　　彼时随着摄影照片的出现与日渐普及，皮特·兹瓦特很快欣
然拥抱这个新媒介，且将之大幅运用在平面设计上。诸如 1926
年他率先于 NKF 商品目录图册设计当中完成长达 80 页的全彩

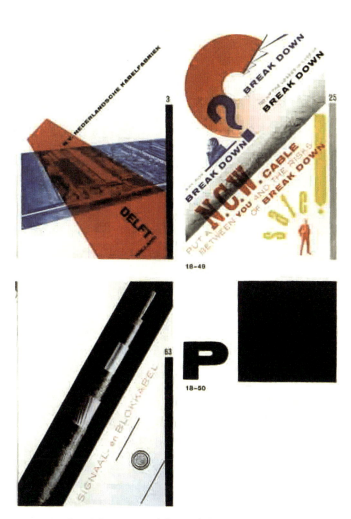

1926 年兹瓦特设计的 NKF 公司广告目录书影

照相排版实验，包括使用高度对比的负片摄影图像拼贴、彩色油墨叠印、几何形状等（自 1928 年起他买了一台相机开始自行搜集摄影素材，并很快学会各种基本摄影技术）。兹瓦特意欲将看似对立的两种现代艺术风格——达达主义和结构主义——结合起来，类似这些表现方式在他后来（1931）设计的一系列《电影艺术丛刊》（*Filmkunst*）杂志封面中更颇见端倪。

　　自承出身建筑，大半辈子未曾受过专业平面设计训练的兹瓦特，总是戏谑地对外宣称自己是排印建筑师（typotekt），意即编排印刷师（typographer）和建筑师（architect）两者的综合体。据说向来对工作极其狂热的他，在深夜 3 点钟以前，工作室的房间通常是不熄灯的，而且平常也很少去度假，绝大部分时间几乎都待

1931 年兹瓦特设计的《电影艺术丛刊》（*Filmkunst*）第 5 期杂志封面

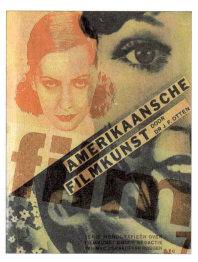

1931 年兹瓦特设计的《电影艺术丛刊》（*Filmkunst*）第 7 期杂志封面

在工作台前。

终其一生，他仅为了能够做好一件事而努力，那就是要将读者从过去平淡枯燥的印刷版面设计当中解放出来。

我已将音乐一劳永逸地放下了

走过跌宕起伏的青葱岁月，人到了一定的年纪时，似乎总会期待出现某种转折，甚至通过转换职业跑道来改变自己的人生。

2007 年，英国摇滚乐史上以开创另类迷幻风格著称的传奇乐团"石玫瑰"（The Stone Roses）的灵魂人物、年届 45 岁的吉他手斯奎尔（John Squire）发表声明要结束音乐生涯，退出乐坛，从此全心投入绘画创作。对于众多乐迷而言，这一突如其来的消息简直难以置信，其引起世人震惊的程度委实不下于先前美国职篮巨星"空中飞人"乔丹（Michael Jordan）宣布退出篮球界改打棒球那般让人瞠目结舌。

如此违逆世俗的抉择，岂止是一种单纯的身份转换。

尽管当时周遭大多数人都认为斯奎尔作了一个莽撞的决定，但为了一圆梦想，斯奎尔不惜放弃原本最擅长的音乐创作，改行当画家。这位曾被无数死忠乐迷视同神一般的吉他手就这么毅然褪下昔日最辉煌的职业光环，一切从头开始，重新挑战不可知的未来。

2010 年，斯奎尔被英国广播公司选为近 30 年最佳吉他手的第 13 名。恰好就在这一年，英国老牌企鹅出版社为纪念公司创立 75 周年，从 20 世纪 50 年代至 80 年代，每 10 年为一个阶段，各挑选出 5 部经典小说，名曰"世代书系"（Penguin Decades）。对此，企鹅出版社还特别找来当年引领各时代艺术浪潮的佼佼者，分别以不同装帧手法重现经典，其中担纲 80 年代系列封面设计者，便是早昔（80 年代末）崛起于知名摇滚团体石玫瑰，后来宣布引退的吉他英雄斯奎尔。

于是，就在企鹅出版社艺术总监斯托达特（Jim Stoddart）的规划指示下，包括当代英国小说家约瑟夫·卡尔（Joseph Lloyd Carr，1912—1994）的《乡间一月》（*A Month in the Country*, 1980）、编剧作家威廉·博伊德（William Boyd，1952— ）的长篇小说《冰淇淋战争》（*An Ice-Cream War*, 1982）、历史学家彼得·艾克罗德（Peter Ackroyd，1949—）的侦探小说《霍克斯摩尔》（*Hawksmoor*, 1985）、艺术史学者暨小说家安妮塔·布鲁克纳（Anita Brookner，1928—2016）的《迟到者》（*Latecomers*, 1988），以及律师作家约翰·摩提默（John Mortimer，1923—2009）的政治小说《迟到的世界末日》（*Paradise Postponed*, 1985）等文学书籍，皆由斯奎尔陆续着手绘制了数幅现代风格的抽象画作为书系封面。

从音乐创作乃至封面设计，敏感多情的斯奎尔似乎总是不断地追求超越自我局限的各种可能，从而散发出某种迥异于流俗的时代气味。

一些 20 世纪 60 年代的流行吉他曲风再加上一部分 80 年代

2010 年斯奎尔设计的约瑟夫·卡尔小说《乡间一月》（*A Month in the Country*）封面书影

2010 年斯奎尔设计的威廉·博伊德小说《冰淇淋战争》（*An Ice-Cream War*）封面书影

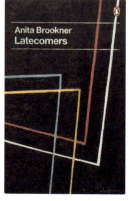

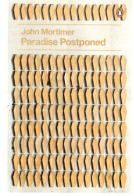

2010 年斯奎尔设计的彼得·艾克罗德小说《霍克斯摩尔》（*Hawksmoor*）封面书影

2010 年斯奎尔设计的安妮塔·布鲁克纳小说《迟到者》（*Latecomers*）封面书影

2010 年斯奎尔设计的约翰·摩提默小说《迟到的世界末日》（*Paradise Postponed*）封面书影

的英式复古舞曲的节奏，当年来自英国曼彻斯特的四人摇滚团体石玫瑰不唯有着斯奎尔如鬼魅般的吉他技巧，且搭配打击乐与合音的编曲方式创造出一种迷幻炫丽的鲜明乐风，歌词则以批判当时英国的社会政治冲突为主。而石玫瑰除了在音乐表现上独创一格，视觉效果与音乐的结合更是他们有别于其他乐团的特色之一。

其实早在他正式对外宣告"弃乐从画"以前，几乎所有的石玫瑰乐团发行的唱片专辑及单曲封面视觉概念也都是出自斯奎尔之手。

1962 年出生于英国西北部郊区一处名叫奥尔特灵厄姆（Altrincham）的小镇（邻近曼彻斯特），斯奎尔自幼即对绘画和模型制作深感兴趣。由于他的父亲是一名音乐爱好者，平日喜欢吹奏萨克斯自娱，母亲也曾学习过一段时期的油画和陶艺，因此斯奎尔坦言自己多多少少受到了家中热爱艺文活动的氛围的影响，而且家人从小就非常鼓励他画画。在一次生日会上他得到了一盘磁带，用这盘磁带他录了很多当时的流行音乐（如沙滩男孩、甲壳虫乐队、性手枪的歌曲）。后来斯奎尔觉得应该要买一把吉他来练练，并于 16 岁那年组建了第一支乐队。当时斯奎尔不仅频频专心苦练吉他，也常利用课余时间去美术部画些海报和传单给乐队现场做宣传。

但没过多久，这支乐队即宣布解散，之后他去特易购

（Tesco，英国最大的食品零售公司）当理货员，断断续续做过酒吧招待、菜园苦力，甚至是汽车修理场工人等。后来他在曼彻斯特的 Cosgrove Hall 动画公司找到了一个从事模型制作的固定职位。就在这段时期（1985），斯奎尔和吉他手卡曾斯（Andy Couzens）、主唱者布朗（Ian Brown）、合音兼鼓手雷尼（Reni），以及贝斯手曼尼（Gary Mounfield）等人组建了石玫瑰乐团。

1989 年，石玫瑰发行了由斯奎尔和布朗担任词曲创作的首张同名专辑，一炮而红，在市场上获得极大成功。旋即攻占各大摇滚杂志"年度最佳排行榜"，并在当年荣登 NME（《新音乐快递》杂志，*The New Musical Express*）"有史以来英国最佳专辑"宝座。此处值得一提的是，彼时美国抽象表现主义（abstract expressionism）画风影响尚在，许多知名朋克摇滚乐团（如英国的碰撞乐队〔The Clash〕）的唱片印刷品常仿效美国抽象绘画大师波洛克（Jackson Pollock，1912—1956）的风格。波洛克以其在帆布上随意地泼溅颜料、洒出流线的技艺而著称，早年斯奎尔无疑亦为其死忠粉丝之一。

根据斯奎尔的说法，当年他负责构思封面设计时，本想用波洛克的原画当封面，但因授权费用索价不菲，而乐团很穷，所以斯奎尔只好开始模仿。观诸 1989 年这张《石玫瑰》专辑封面，主要仍以充满流动、跳跃感的波洛克风格构图为背景基调，就连该乐队早期的乐器（如斯奎尔手中那把酷炫的吉他）与宣传照也

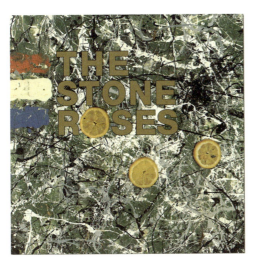
1989年斯奎尔设计的《石玫瑰》(*The Stone Rose*)专辑封面

溢满了五颜六色的泼墨式油彩。唱片封面上的红白蓝则是象征法国大革命的三色旗（也就是今日的法国国旗）。至于搭配点缀于专辑文字与背景图像之间，宛如天外飞来一笔的柠檬切片，其实是比喻当时的街头抗议者使用柠檬汁液浸润手帕来遮盖脸部，用以减轻（中和）催泪瓦斯的威胁——这就是封面那几片柠檬的由来。

此一封面设计，后来还被英国《Q》杂志列入"史上最佳百大专辑封面"（The 100 Best Covers of All Time）榜单当中。

斯奎尔表示，从事画画或平面设计从来不像做音乐那么难，"人一旦对某个领域太过了解，就会想办法绕开他不想碰见的东西"。可尽管斯奎尔再怎么感叹多走了一趟冤枉路，他势必得回头感谢让他曾经辉煌的摇滚音乐。或许，也正因为他是乐界名人，人们才更容易留意他所画出来的作品。

黑与白的狂歌乱舞：
栋方志功的木刻装帧

美丽的事物总是令人向往。一本漂亮的书同样也是。

执一而论，人一旦对于身旁（美丽）之物兴起了占有欲，便为痴人，而我们买书的目的也从来不是仅仅为了阅读。

说穿了，热爱（购书）藏书的行为本身就像是患了一种无可救药的病症。但凡只要看见喜欢的、漂亮的书，无论如何一定得买（即便是不去读它）。类似这般自得其乐的偏执、荒谬甚至有些执迷不悟的收藏动机，局外人往往难以理解。

我犹记得数年前，在台北龙泉街旧香居书店第一次看到小说家谷崎润一郎的《梦之浮桥》《键》与《疯癫老人日记》初版本的那份惊艳。装帧形式采用平背书盒精装，搭配封面版画作品的刀痕墨印，幽黑交错，形成了线条流动和斑斓色块的对比，由内而外散发着一股不可思议的魅力。其间佐以朴拙饱满的木刻文字点缀，仿佛布满了灵气似的生命感，不唯气势磅礴如滔滔大河奔流，且极富禅味、意韵绵长。

如是热烈奔放的木刻装帧艺术，委实前所未见，古朴、稚拙，且洋溢着饱满而深沉的精神力量，令我自此情有独钟。它的创作者是日本现代版画家栋方志功（1903—1975）。

昭和三十七年（1962）栋方志功绘制的谷崎润一郎《疯癫老人日记》木刻装帧与书盒 / 中央公论社发行 / 吴卡密 摄影

昭和三十五年（1960）栋方志功绘制的谷崎润一郎《梦之浮桥》木刻装帧与书盒 / 中央公论社发行 / 吴卡密 摄影

昭和三十五年（1960）栋方志功绘制的谷崎润一郎《梦之浮桥》木刻装帧与扉页设计 / 中央公论社发行 / 吴卡密 摄影

随之，恰逢某日午后，我在拙作《寻声记》新书发表会上，承蒙深谙日本文学与图书文化的作家前辈林景渊慨然相赠一册日文旧书。初时乍见其封面图案线条极尽癫狂、用色大胆，似有一股酣畅淋漓之气汩汩流出，此为日本昭和十四年（1939）出版、当代文艺评论家保田与重郎（1910—1981）的大作《少年维特为何死去》（『エルテルは何故死んだか』）。岂料打开扉页一看，竟是出自我所心仪的版画大师栋方志功的装帧手笔，夹页里还附有一张栋方版画的纪念书签。摩挲书页，它仿佛染上了一层神秘而美丽的色彩，带着旧书本身特有的香气。

"我的板画[1]是从朴质事物中生出来的，而不是制作出来的。"栋方志功在他晚年回顾生平创作经历的自传文集《板极道》书中强调，他是以木板代替画布，以刻刀代替画笔，在木板上直接作画，因此称作"板画"。

1903 年，栋方志功出生在日本青森县（与作家太宰治是同乡），父亲是打铁匠。他从小就非常喜欢绘画，却因为天生患有重度弱视，很难用一般正常人的视线观察模特的轮廓作画，因此创作或观画时必须把整个脸部贴近画面，周遭的人都叫他"絵バカ"（只知道绘画的笨蛋，意即"画痴"）。小学毕业后，栋方志功一方面帮忙家中打铁工作，另一方面协助他的叔父描绘青森

---

[1] 编注：日本一般使用版画这个术语，但栋方坚持用"板画"称呼自己的作品，故此处保留"板画"的说法。

昭和十四年（1939）栋方志功绘制的保田与重郎《少年维特为何死去》（『ヱルテルは何故死んだか』）木刻封面书影

昭和三十九年（1964）栋方志功绘制的《板极道》木刻装帧与扉页设计 / 吴卡密 摄影

"ねぶた祭"（睡魔祭）[1] 所需的彩绘灯笼与津轻风筝画。画中狂野而鲜烈的原始色彩，加诸晦冥神秘的线条纹样，以及祭典期间彻夜狂欢跳舞的景况，孕育了他早期作品的生命力和创作欲望。

年少时期的栋方志功，特别崇拜法国后期印象派画家凡·高。因受其以火焰般热情作画的精神感召，早昔曾一度模仿凡·高画风，也和一干艺文同好结成"青光画社"，参与创刊文学同人志《梦》，并发表模仿诗人石川啄木的短歌。21岁那年（1924），立志"上京"扬名立万的青年画家栋方志功搭乘夜行快车，手里拿着一封写有帝国美术院会员中村不折地址的介绍信，前往举目无亲的大都市东京闯荡天涯，且发誓"如果不能入选'帝展'（日本官方举办的年度大型展览会）的话就不回家"。

然而，他决意走上职业画家之路的初始并不顺遂，连续4年（1924—1927）在帝展落选的惨痛经历，曾令他感到自责悲观，甚至一度陷入低迷不安的情绪中。但他仍表现出永不屈服的骨气与决心，一步一步力求精进，同时也开始反省思考西方主流的油画传统之于自己存在的意义，转而逐渐将心力投注于乡土民俗的

---

[1] 青森"ねぶた祭"（睡魔祭），乃为日本东北最盛大的夏日祭典。相传起源自公元8世纪奈良时代，当时征夷大将军坂上田村麻吕赴东北征讨时，以巨大的竹子劈成细枝扎起来，然后糊上日本纸，画上墨线，使用极鲜艳的黄、红、青、紫等各种颜色的染料，再加上蜡做成人形大灯笼，好骗出当地虾夷族。后来逐渐发展出"驱逐鬼怪"或"神怪相助"等许多鬼神传说。但另有一说为，青森的夏天热得让人想睡，因此举行热闹庆典赶跑睡魔，并祈求丰收。1980年，青森睡魔祭被日本政府指定为"重要无形民俗文化遗产"。

版画创作。后来栋方陆续也替柳宗悦、河井宽次郎、式场隆三郎、山崎丰子、中河与一、保田与重郎、谷崎润一郎、中谷孝雄、田村泰次郎等当代作家文人绘制一系列风格独具的木刻封面及插图。

据闻栋方志功的个性极为害羞，性情耿直而温柔，可一旦遇到了知己同调，讲起话来就像是连珠炮似地口沫横飞，开心时还会情不自禁地一面自言自语，一面手舞足蹈。2008 年，日本富士电视台推出以栋方志功为传记主角的特别剧：《我要成为凡·高！》（『我はゴッホになる！～愛を彫った男·棟方志功とその妻』）。剧中不仅找来知名搞笑艺人"剧团一人"（艺名"剧团ひとり"，本名川岛省吾，艺名意为"一个人的剧团"）主演栋方志功，女星香椎由宇饰演栋方之妻，而藤木直人也在此轧上一角，饰演栋方的画家挚友泽村凉二。其中最令我动容的，是男主角剧团一人在镜头前屡屡展现如孩童般的笑容和祭典时融入人群跳舞的身影，以及因重度近视而整个人趴在作品上，边哼着贝多芬的《欢乐颂》边将木板不断翻转回旋，手执刻刀飞快雕凿的模样。简直是把栋方志功给演活了！

印象里，只见他把全副精神贯注在木板上，不停流着汗，喘着气，生命也就如此沸腾着，可以教人感到有灵气，或教人觉得欣喜。

栋方志功一生不求师匠，矢志宣称"要创出以自己为始的世界风貌"。在他妙笔刻绘下，无论是津轻的巫女、佛境的天女，抑或地神、风神、雨神、太阳神、释迦、文殊菩萨、婆罗门女、观世音，皆无不尽兴展露其青春泉源如阳光灿烂般奔流着的原始情欲，且于泪流成河之后狂歌乱舞，共同交织出森罗万象的奇想世界。

关于旧书与装帧随想三则

之一：世代的色彩学

在设计的世代中，使用色调让人感觉开朗健康的，是比较老一点的世代。相当于我们父执辈的那个世代，是典型的 C 大调。他们对色彩非常肯定，用色明亮干净，毫不混浊。世代下降一点，用色就有点复杂，带有嘲讽意味的中间色彩使用得很明显。

——《请偷走海报：原研哉的设计随笔集》

就传统艺术学科而言，色彩是触发视觉感受的第一要素，能直觉地唤起人的情绪波动。

素闻 20 世纪法国画坛巨匠马蒂斯终其一生都在做着实验性的探索，在色彩上追求一种单纯原始的稚气与热情（我尤其钟爱他晚年以彩纸剪贴作画和亲笔手写诗文汇编成册的限量插图绘本《爵士》〔*Jazz*〕，仅用寥寥数种原色，对比效果却充满了丰富的音乐感，仿佛潮水向我袭来）。而不同颜色本身，往往也有着不同的寓意及象征性格，就像星座。

画家凡·高生平喜用大片尖锐、猛烈的黄色，令人不禁为之骚动，且一如他经常显露出的某种焦虑、急躁疯狂的本性。

除此以外，早昔崛起于 20 世纪三四十年代上海文坛的华文小说界祖师奶奶张爱玲，据说一辈子性情孤傲、敢爱也能舍的她，最偏爱一种介乎纯绿和深蓝之间的蓝绿色。她早在当年的成名作短篇小说集《传奇》再版（1944）时的序言中写道："以前我一直这样想着：等我的书出版了，我要走到每一个报摊上去看看，我要我最喜欢的蓝绿封面给报摊子上开一扇夜蓝的小窗户，人们可以在窗口看月亮，看热闹。"及至战后，台湾皇冠出版社重新出版一系列张爱玲经典作品《秧歌》《流言》《怨女》《张爱玲短篇小说集》等，封面皆以知名插画家夏祖明描绘的月亮为主题，分别以黄、蓝、绿三种颜色做背景，恒常透露着浮华与苍凉的一贯基调。自云"一生与月亮共进退""看月亮的次数比世上所有的人都多"的张爱玲，她笔下的月亮，留在读者心里面的，永远是最美丽的伤痕。

但以饮食为喻，正所谓"秀色可餐"，那些颜色鲜艳美丽的

1968 年《流言》的封面书影 / 皇冠出版社

1944 年《传奇》的封面书影 / 上海杂志社

1968 年《张爱玲短篇小说集》的封面书影 / 皇冠出版社

食物（或书本），通常即能让人产生一种近乎咀嚼吞噬的口腹占有欲，且其色彩缤纷之生命力又更流露出一派青春无敌的气息。无怪乎战后台湾 50 至 70 年代横跨封面设计、杂志插画、副刊漫画、电影布景等多重领域的美术设计家廖未林（1922—2011）尽管年届八旬，仍每每不忘戏谑自嘲曰：今生今世愿做"好色之徒"（意即喜好把玩颜色之喻）。

综观廖老先生一生波澜起伏，年少时经历动荡颠沛的抗战烽火，曾加入"抗日漫画宣传队"走遍大江南北，也演过抗日街头话剧。他因此学会了如何化妆做造型，因而在剧场后台初遇作家巴金，后来还在巴金主持的文化生活书店布置橱窗兼做封面设计。1949 年来台之初，廖未林先是在台北中山堂对面的国际照相馆工作，在一笔一画替黑白相片手工着色的过程中领略了色彩调配的奥妙。

记得小时候常听民间流传一句俗话："红配绿，狗臭屁。"大意是说红绿两色出现在同一画面者多为劣作，能将大红大绿同时处理好更属不易。但廖未林的诸多封面作品却经常可见鲜明的红绿配比，而丝毫没有突兀庸俗之感，这便是他不拘泥于色彩教条而能独创自我的功力所致。

古人用色谓"随类赋彩"，但对廖未林来说却是"随心赋彩"，随着主观情感变化，可以把同样一株花画成蓝色、紫色、黄色，为所欲为、变幻万千。

之二：掌中书

毫不讳言，我一向深度迷恋于纸本书，尤其是那些出版年代久远的绝版旧书。但仍无碍的是，我同时也颇习惯以"哀凤"（iphone）这类智能型手机来阅读，偶尔用指尖"滑"过屏幕"翻"页的感觉其实还挺不错。

近年来，随着电子媒材与图书数字化的普及，许多超过上百年历史的古书善本、老报纸杂志等纸本出版物，如今已都能从公家学术单位（如日本国立国会图书馆、早稻田大学古代典籍资料总中心），甚至是民间自行创立共享的数字典藏数据库免费下载阅览。而目前储存在我手机里，至少就有一两百部日本明治、大正时代的小说、诗集、绘本，还有 20 世纪早期的《台湾雾社事件志》等，以及几乎一整套的《民俗台湾》（当然这些全部都是扫描的高清电子文件，加起来的体积与重量总和皆为零）。

从某个角度来说，"哀凤"手机俨然已是当下新一代年轻人最流行的掌中书、口袋书。

书的封面及其装帧开本的盛行与否，同时也反映一个社会当时的审美观与书市文化。回顾过去，口袋书（pocket book）此一说法最初出现于 1935 年掀起的"平装本革命"（paperback revolution）。以封面设计简洁统一、按颜色区分书种为特色（比如橘色系封面是小说、粉红色封面是旅游书）的英国企鹅丛书，

在法国称作"livre de poche"，意指小而低价的书，而日本则是在1927 年发行的"岩波文库"丛书首创"文库本"概念，目的是让更多读者通过便宜的价格、携带便利的方式读到文学著作。

　　同样在台湾地区，萧孟能筹创文星书店于 1963 年正式推出"文星丛刊"，标榜以"尽可能好的书，尽可能低的价钱"回馈爱书人，并且找来当时甫从师大美术系毕业、擅长画插图的龙思良（1937—2012）负责该书系封面设计。龙思良参酌中国传统线装古籍的版面比例，结合西方现代平装形式，以独特的 40 开本做出了简单大方的台版文库本样式，其中有些作品历年既久、保存至今，业已成了嗜书者眼中可遇而不可求的稀罕珍本——如周梦蝶的《还魂草》、周弃子的《未埋庵短书》。

　　自"文星丛刊"首辑问世以降，台湾许多出版社纷纷效仿。先是 1968 年李敖主编的《文星杂志》被查禁，文星书店也被迫歇业；继而文星出身的林秉钦、郭震唐伙同两位友人合资开设了仙人掌出版社，旋即以白先勇小说《游园惊梦》为创业作，陆续

推出了自己的口袋丛书"仙人掌文库"。翌年（1969）更接着发行精装版，包括叶珊的《非渡集》、黄春明的《儿子的大玩偶》、徐訏的《怀璧集》、朱西宁的《冶金者》，以及刘大任与邱刚健合译贝克特的《等待果陀》[1]（*En attendant Godot*）、叶笛翻译的芥川龙之介的《地狱变》等国内外名家大作。每册包覆塑料封套，使得整体装帧更加精美，但是价钱稍贵（"文星丛刊"单本定价 14元，精装版"仙人掌文库"定价 18 元）。

随之，从 20 世纪 60 年代末至 80 年代，几十种文库本口袋丛书相继出现，诸如"传记文学丛刊""普天文库""爱眉文库""人人文库""水牛文库""大林文库""大江丛书""河马文库""金字塔文库""兰开文丛""向日葵文丛"等，甚至有些出版社一家同时就有数款不同封面，然其装帧与版式编排大抵皆不脱"文星丛刊"之影响。

---

[1] 编注：即《等待戈多》。

巧合的是，岛内文库本风潮大肆席卷的这段时期，刚好也正是经济快速成长、纯文学出版最景气的"黄金时代"。

如今又经历了许多年，出版社和书店业者开始面临所谓"景气寒冬"，当年一度蔚为百花齐放的文库本口袋书系，现下差不多早已全盘绝迹。毕竟岛内读书风气不如日本，也缺乏足够的市场规模，无法以大量的文库本滋养上班通勤的地铁阅读一族。

值此，每当我在台北街头或地铁上随处看到人手一机低头猛滑，便总是一厢情愿地安慰自己：台湾人并非不爱阅读，只是阅读的媒介与形态不同罢了。

之三：纸上电影

在过去电视机仍不普遍的年代，收听广播节目所带来的生活娱乐，相信并不比电视少。（相较现今多媒体汇流时代，自从有了因特网和平板电脑之后，谁还守着电视？）

　　除了上电影院、泡咖啡馆、逛庙口和看野台戏，彼时 20 世纪五六十年代正值盛行的，还有早昔情窦初开的红男绿女以及趁家务之余打发时间的婆婆妈妈们一路捧阅追读的通俗言情小说。当时甫出道未久、年方 25 岁的琼瑶才刚在《皇冠杂志》刊出了第一部短篇罗曼史《窗外》（1963）。在此之前，坊间（租）书店最抢手的大众畅销小说，乃是金杏枝的《一树梨花压海棠》和《冷暖人间》（该书曾在 1965 年改编成电影《难忘的车站》），还有禹其民的《篮球情人梦》。浏览其故事内容若非讲述富家公子与苦命女的曲折爱恋，便是痴情女和负心汉的悲欢离合，总而言之就是洒尽狗血，惊涛骇浪还复来。而这两位作者的书绝大多数都是由廖未林绘制书皮。这类书的封面常见以鲜明的对比颜色相互混搭，令人既觉惊艳又感矛盾的冲突，配合小说剧情本身，委实有某种异曲同工之妙。后来"中广"[1] 甚至还曾以广播剧形式合作播出文化图书公司出版的禹其民《篮球情人梦》、金杏枝《晚霞》《春风秋雨》等。那些一本本厚如砖块的

---

[1]　编注：即中国广播公司台湾广播电台。

长篇作品，简直就像是当年红透半边天的纸上（八点档）青春偶像剧。

脱然有怀，记忆中忽想起 20 世纪六七十年代之交，《皇冠杂志》曾有一段时期非常流行"纸上电影"专栏。顾名思义即是利用一幅幅连环的电影剧照，一旁配上简短的剧情对白，让那些还没有机会进戏院的读者，也能够透过平面式的编辑图片和纸本文字，仿佛亲临现场般看一出电影。

此外，有别于金杏枝、禹其民仿如电视连续剧的浪漫奇情，乃至《皇冠杂志》开创琼瑶小说影剧一脉的大众通俗路线，对于当年自恃走在时代尖端、标榜追求前卫与实验精神、平日喜欢看外国电影的老派文青来说，却只有这么一份编辑风格特立独行、美术设计极尽搞怪反叛的《剧场》季刊，才配称得上是他们心目中的"圣经"。

该杂志从 1965 年元月创刊到 1966 年 12 月停刊，共发行 9 期，其中前 8 期均由艺文界一代鬼才黄华成（1935—1996）主编设计。刊物内容主要以专题方式引介当时欧美、日本等地难能得见的前卫导演（如费里尼、戈达尔、安东尼奥尼）的电影剧本及其相关创作评论，另外也介绍贝克特《等待果陀》现代荒谬剧，甚至还有美国现代音乐先锋约翰·凯奇（John Cage）的作品。

有趣的是，早年在台湾地区有些根本还不曾放映过的前卫电

1960 年金杏枝《冷暖人间》的封面书影
/ 文化图书公司
封面设计 / 廖未林

1962 年禹其民《篮球情人梦》的封面书
影 / 文化图书公司
封面设计 / 廖未林

1966 年金杏枝《一树梨花压海棠》的
封面书影 / 文化图书公司
封面设计 / 廖未林

1970 年金杏枝《春风秋雨》的封面书
影 / 文化图书公司
封面设计 / 廖未林

影，对此有所景仰的文青们有不少却是先读了《剧场》里的专栏推介，包括《去年在马伦巴》以及《广岛之恋》，阿仑·罗伯-格里耶（Alain Robbe-Grillet）和玛格丽特·杜拉斯写的电影脚本，好像真的看过了一样地深深崇拜着，直到后来有机会在电影院看到这些昔日曾在《剧场》介绍过的"经典名片"，才惊觉它们竟如此沉闷，一点也没有《剧场》的文字好看！

唯有爱书人才知道：文字比口头的话语深刻，文字的想象比现实更精彩。

1965 年《剧场》创刊号的封面书影 / 剧场杂志社
封面设计 / 黄华成

1966 年《剧场》第 5 期的封面书影 / 剧场杂志社
封面设计 / 黄华成

附录

传承台湾古书业的新世代：
侧写旧香居（台大店）

2012 年 4 月 15 日这天，过去 20 年来小咖啡馆、文教产业及书店业者最为密集的台大公馆（温罗汀）商圈终于首度出现了一家无论档次还是服务质量均足以媲美日本东京神保町"小宫山"等级的"antique bookstore"（古书店）。

就在真理堂教会大楼旁西雅图咖啡二楼，举目即见店内设有大片玻璃的橱窗正对着台大校园新生南路侧门入口，即便是偶然经过的路人都能隐约感受到满室书香仿佛呼之欲出，屋外墙面更挂着书友们熟悉的老招牌——由国画大师黄君璧题写的"旧香居"三字。

黄君璧手书的"旧香居"招牌高悬于台大新生南路旁

走上楼梯，一推开书店大门，登时便如深入琅嬛宝山。遇上绝版逸品哪甘空手而回？内心难免挣扎一番，然后只得乖乖地将囊中一张张钞票亲手奉上（所谓爱书人的"销金窟""黑洞"是也）。书架旁一瞥，何邵基的书法对联、蓝荫鼎的水彩风景相映成趣，室内随处可见镜子折射出周边书影人影，不禁令人想象某书墙后面是否暗藏有另一处魔法密室。而端望窗外阳光洒落满地的青葱绿荫近在咫尺，更教人几乎误以为眼前美景仅有一步之遥。除此，就算在这里待上一整天寻书翻书也不厌倦：20 世纪30 年代鲁迅、周作人、徐志摩、闻一多的装帧绝品，上海 40 年代张爱玲、穆时英、张恨水的原版小说，日据时期的民俗台湾古文献老地图木刻版画，乃至战后五六十年代于右任、台静农的手

何邵基的书法对联、蓝荫鼎的水彩风景相映成趣

稿墨迹等，还有各种珍稀纸本古物，简直令你眼界大开、目不暇接。走读之余闲坐在店内欧式古典大红沙发上看书简直就像在"五星级"图书馆，甚至让人总是抱怨时间不够而难以尽兴。

如是我闻，这里便是继 2003 年旧香居落脚于师大夜市龙泉街之后，另一处全新开幕的"旧香居"（台大店）。

午后旧香居：台北的小巴黎

自从旧香居第二代吴雅慧、吴梓杰姊弟俩接掌家族事业以来，从初期师大附近龙泉店的创立，到今日公馆台大店的进驻，其间经历了大抵 10 年累积经营的过程。这恰好也正是台湾旧书业者进行观念革新以及世代交替最为关键的年头。

迥异于一般走大众通俗（平价）路线，二手书店（"used bookstore"或"secondhand bookstore"）强调书籍的快速流通。回顾近来这几年旧香居于我而言最具吸引力的地方，除了此地绝无仅有的大量珍本书、罹患各种不同程度书瘾症状的书友（日人河村彻称之为中毒极深的"搜书狂"），以及落落大方的美丽女主人之外，同时更不乏海内外文化界人士造访交流、喝红酒开 Party 的独特沙龙氛围，还有许许多多往往令你原本料想不到会遇见的人与事。即使身在台北，只要一进店门内就仿佛来到了充满法式浪漫与惊奇的"小巴黎"。（事实上，今年〔2017〕4 月中旬新开张的台大店旧香居也真的摆放了一座具体而微的纸模巴黎铁塔！）

旧香居别具人文氛围的书店沙龙

　　的确，诚如先前许多媒体报道所言，旧香居来来往往出入过不少作家名人、艺文创作者、杂志编辑等，可我以为最难能可贵的，却是那些在过去报道中向来不被重视、小众性质、具有潜力而未成名（或小有名气但尚未蹿红）的创作者。往往早在一般主流媒体还没注意到他们之前，旧香居就已在行动上先给予了实质的关注与支持，包括引进各类文学独立出版物、提供场地举办新书发布会，或是协助宣传各类摄影展、绘画展等。迄今许多香港青年辈创作者（如漫画家智海、诗人陈智德、小说家陈志华和邓小桦等）每有公开活动或私人行程来台，总是不忘抽空前往旧香居寒暄一番。对此，书店女主人雅慧总笑称她跟这些"香港挂"的年轻作家似乎特别有缘。

　　此外，"旧香居"不仅早与香港艺文界建立起深厚情谊，与少数外籍（欧美）在台艺术家也同样颇有些奇妙的缘分。

还记得有一回，我在开幕不久的台大店遇见一个曾经把他亲手装帧制作的插画绘本拿来旧香居寄卖（据说很快就被读者抢购一空）、目前旅居新北从事绘画创作的法国人——François Fleche（傅自华）。他毕业于巴黎美术学院（École des Beaux-Arts），拥有扎实的古典绘画功底，几年前开始来台从事艺术创作，也娶了台湾太太，住在金山。根据女主人雅慧的说法，傅自华是个性格保守的"老派"法国人，但是其作品（插画）却每每令人匪夷所思。此君的画风极为独特，尤其在他擅用的画面线条、构图及明暗层次当中经常以"女体"和"性器"为主题，既有阴阳交杂、云雨分合，亦有化作山水自然景观的男女肉身不断交替变幻，甚至还从腐败崩坏的脸部长出一条条宛如群蛆蠕动的白金女体。

法籍艺术家 François Fleche（傅自华）
在旧香居

今年（2017）7 月中旬，傅自华准备要在旧香居举办个人素描插画展览，并于展后售出这些插画作品原稿。其中有一幅女体素描画巧妙构成了中国山水形貌，我和雅慧都认为这是傅自华全部展出作品当中最经典的一张，雅慧似乎情有独钟，而我也对另外几幅画作颇为心动……

店内陈设一派古朴风雅，独具韵味

店内可坐下翻阅书籍

20 世纪早期风景明信片专柜

古书、字画、老地图的岁月惊奇

相较于一般国内公家单位重重深锁的善本书室、文献博物馆，此处以绝版古书、字画手稿、文献老地图为号召的旧香居（台大店）不仅在收藏方面毫不逊色，甚至在经营心态上反倒更为开放、自由，且亲近一般读者大众。

比方说在公家图书馆往往得要特别填写调书单，经过一段烦琐程序之后才能得见的对 20 世纪早期台湾进行研究的相关出版物，如佐山融吉与大西吉寿合著的《生蕃传说集》、台湾总督府铁道部编纂的《台湾铁道史》、渡部庆之进的《台湾铁道读本》、伊藤武夫的《台湾植物图说》、大谷光瑞的《台湾岛之现在》等，类似这些年代久远的绝版珍本在旧香居（台大店）书架上几乎是随手可及的。只要抱持着爱书惜物之心谨慎翻阅（毕竟老书的纸张较为脆弱），任何有兴趣浏览的读者（客人）在店主允许下都能直接从开架上取来阅读。另外，当然更不用提那些平常在图书馆博物馆藏难得一见的文人手稿（包括于右任、溥心畬、江兆申、台静农等的手稿，罗家伦、陈定山的信札，齐如山诗稿，梁实秋致陈纪滢

老客人在窗边小桌上读书一景

早期中国 20 世纪二三十年代西方经典文学译本

店内摆放纸模巴黎铁塔一景

20 世纪 30 年代中国新文学珍本

函，钱穆致王云五函，雷震致弥坚函，朱西宁致陈纪滢函），来
到旧香居一览，当可让人有如醍醐灌顶，连心弦也被撼动。

2011 年，台北国际书展基金会策划台湾主题馆"精彩一
百·文化纪事"活动，旧香居不吝提供店内收藏百余件战后初期
南来文人的字画、书札等珍稀文献参与此番展期盛事，结果颇受
好评。次年台北图书馆有鉴于此，也决定利用馆内收藏的明代珍
本原版古籍（过去都是用复制品）做公开展览。

换言之，像这样的古书店简直要比一般博物馆还更像博物馆。

于此，前些年来台数度造访旧香居、历任哈佛燕京图书馆善
本室主任的古书专家沈津曾经为文盛赞其"鬻书之功高于藏"，
并以坊间俗谚"三百六十行生意，不如鬻书于毛氏"之语设想三
百年后的台北旧香居竟也步毛氏汲古阁的后尘，因而成就了一则
现代书林佳话。

Old can be New：纳藏为用、书友共享

书店，乃是书与人相遇的地方。特别是在今天，逛书店遇上
绝版好书的机会已是愈来愈少。而识货者多，买书一时犹疑或手
慢，事后回想起来通常只会后悔。而对旧香居来说，这里并不只
是公开展售古董绝版书的书店空间，更是一处让大家细腻体会人
与人之间彼此交流互动、往来情分的人心试炼场。

相信熟悉旧香居的老客人大概都知道，此地不仅常有阅历丰富的老书虫彼此"抢书"闹得凶，就连年轻一辈的搜书爱好者之间也每每出现买书"疯魔"的各种疯狂举动和行径。

　　某些台湾老一辈文化人总爱埋怨"现今年轻人大多不爱读书，也不买书"，但是在旧香居这里，相对懂得爱书、热衷买书的年轻人却委实不少，甚至有日渐增长的态势。殊不知，此地不

沉浸在古董、老书交织的气氛中

乏年轻读者从学生时代（大学、研究所）就已开始固定前来旧香居买书，即使从学校毕业一直到出社会工作多年后也都依然保持这份习惯，甚至进一步培养出古书收藏的观念及嗜好，亦有经济能力去购买一些高价绝版书（因此以往一般认为"只有老先生才会懂得珍惜旧书价值"的说法绝对是一种偏见）。值此，参照店里印制的一张由资深美术设计者陈建铭提刀设计的宣传明信片上写的——"从旧事物的记忆中，找寻新的热情新的观念"，其中谈论对象不唯有"买书"一事，更要紧的，则是忠告青年一代设计师、杂志编辑最好也要多逛古书店，以便从这些旧书故纸中重新发掘许多创意想象。

明代藏书家胡震亨曾谓："秘不示人，非真好书者。"话说搜书过程中最有趣的，莫过于和同好分享。然而，当你面临众人都想要抢搜同样一部珍本书的情况，如何在诸多熟客里面决定（判断）该卖给哪位客人才是？这就如实考验着身为古书店经营者的应对手腕和智慧了。为此，旧香居女主人雅慧总是和最后"获准"买书之人彼此约定，日后书店若有举办展览活动所需，该藏书拥有者得要尽量提供协助而不许一味私藏。

伟哉，今于旧香居真好书者如好饮，然独饮当不适也！

注：2013 年 5 月，旧香居台大店因人手不足而停歇，并且迁移至龙泉店地下室古书区继续服务诸位书友读者，却也在这里留下了不少难忘的回忆，故而特撰此文志念。

走进书店，仿佛掉入流转的时光，沉浸书页流连忘返

后记：与书有染的浪漫

明人张岱曾言："人无癖不可与交，以其无深情也。"只是，嗜书的人其实最是无情，因为，没有最爱，只有更爱。

自从我的第一本著作《半世纪旧书回味》出版问世（2005）以来，迄今刚好满 10 年。再加上先前因写作硕士论文，研究台北旧书业期间而开始逛旧书店的因缘契机，随之即对淘书产生浓厚兴趣，举凡牯岭旧书街、台大师大附近巷弄小书店、新旧书市集、网络珍本拍卖，乃至福和桥下跳蚤市场等几乎无所不逛，无所不淘。这十多年来，俨然已养成了一种习惯：无法克制买书的瘾头！

都是浪漫惹的祸。

尤其当你走入一家钟爱的书店，便宛如浸润在一片知识的书海。漫游于书架之间，尽管你根本不可能读遍每一本书，甚至连许多书名也只是匆匆一瞥而过，却会令你萌生一股狂喜的晕眩感，而你仍然兴奋不已，仿佛已经获得了全世界。

彼时于我是最热衷逛书店搜书的日子，只消隔几天不到熟悉的书店走走，就好像平日辛勤耕作的农夫突然有一天因为没去"巡田水"（有时一天还要巡好几次）而感到惶惶不安。

回首过去，我刚开始购书时无所用心，单纯只为排遣个人余兴而买。之后随着知识的积累、兴趣的延伸，阅读的种类便逐渐如滚雪球般急遽增多，以至买书脾胃愈益癫狂，宁可错买而不可错失，每每为求搜得心中的奇书珍本而倾尽囊中。近年则又增添了一项新欢黑胶唱片，无异于踏上了另一条浪漫的不归路。

对于每个时代的文青或文化人而言，书店，不仅仅是卖书的地方，更是一处"与书相逢""与人相遇"的美好场域，是让书与人完整彼此的理想所在（无怪乎古今"开书店"的浪漫想象总吸引着人们前赴后继）。

逛书店之于我，与其说是乐趣或喜好，毋宁说更近乎一种规律的生活、日常的浪漫。同时，也正因为书店的缘故，我无心插柳地开启了通往写作出版的意外人生道路。迄今即便有些跌跌撞撞、风雨不断，倒也庆幸自己总有机会得到许多人的帮助，且仍乐在其中，受益匪浅。

对此，首先我要感谢旧香居女主人雅慧十几年来的一路相伴、情义相挺，无论是在平常的阅读分享或是写作建议等方面；每当我新书出版的时刻，她必会竭尽心思替我撰写一篇真情序文，宛如一期一会的书缘往来。

此外我更要谢谢梓杰、小琍平日在书店的热忱服务与关心，以及浩宇对书稿的细心阅读与协助校对。

谈及藏书癖的感染、爱书的情怀，往往能够跨越不同语言文化之间的隔阂，这也是我虽然完全不懂法文，却仍常爱去逛信鸽法国书店的主要因素。而这一切起心动念的源头和缘分，都得要感谢小荻在信鸽任职期间的热情推介，带引我进入欧洲经典立体书、手工书绘本的美妙世界。

然后，我得要特别感谢诸位不吝提供相关信息、愿意于百忙之中拨冗陪我聊天访谈的书店主人：胡思二手书店阿宝（蔡能宝）、明目书社赖老板、花莲时光二手书店秀宁、旧书铺子掌柜张学仁大哥、大稻埕1920书店周奕成大哥、兰台艺廊李纪美小姐（May）、趣味书房文自秀小姐。另外还有时光二手书店员小美，以及旧书铺子店员皓怡。

因为爱书无悔的你们，从不放弃对于推展阅读文化的热情与坚持，方得以在台湾各个城市角落造就一道道最美的人文风景，敝人对此甚感铭心。

书与人之间的微妙牵连，是深藏于众多爱书人心中的一个美丽情结。

因之，我要特别感谢时常于书店相遇的前辈书友老辜（辜振丰）和邱振瑞的提携指教，也谢谢城乡所老同学何立民在藏书领域的分享，谢谢顾小妹惠文慨然提供书影数据、相关书讯的联系和协助。

感谢《中国时报》的《人间》副刊的主编简白、《自由时报》副刊主编孙梓评先生，并且谢谢多年来固定邀写专栏的厦门《书香两岸》杂志编辑智晔和志伟，由于你们长期提供自由创作的发表园地，今日遂让写作者的辛劳笔耕终于有了开花的机会。

谢谢。

图书在版编目（CIP）数据

旧书浪漫：读阅趣与淘书乐 / 李志铭著 . —杭州：
浙江大学出版社，2019.8
ISBN 978-7-308-19350-4

Ⅰ.①旧… Ⅱ.①李 Ⅲ.①散文集—中国—当代
Ⅳ.① I267

中国版本图书馆 CIP 数据核字（2019）第 150263 号

旧书浪漫：读阅趣与淘书乐
李志铭　著

责任编辑	周红聪
责任校对	闻晓虹
装帧设计	卿　　松
出版发行	浙江大学出版社
	（杭州天目山路 148 号　邮政编码 310007）
	（网址：http://www.zjupress.com）
制　作	北京大有艺彩图文设计有限公司
印　刷	北京时捷印刷有限公司
开　本	635mm×965mm　1/16
印　张	21
字　数	186 千
版 印 次	2019 年 8 月第 1 版　2019 年 8 月第 1 次印刷
书　号	ISBN 978-7-308-19350-4
定　价	88.00 元